初恋

はつ恋

よしもとばなな

YOSHIMOTO BANANA

[日] 吉本芭娜娜 著

彭少君 译

上海译文出版社

在十四岁时那个清秋的伊始，好像预感到什么似的，我眼中的世界变得缤纷多彩、熠熠生辉。

或是透着光泽的褐色栗子，以及栗子中鲜亮的黄色；或是从纸袋中拿出灰树花菌①时所散发出的如同干燥树木的气味；或是南瓜的绿色和黄色，以及它松松软软的触感；抑或是金色阳光下，在吹拂而过的轻风中翩翩曼舞的金黄色落叶，连同那洁净的、好似某种东西燃烧之后所带有的浓郁芬芳的空气。

这所有的一切，都让我感觉到世界似乎比以往镶嵌了更多的金色颗粒。

雨过之后，路上的灰尘被一洗而尽，此时澄澈的空气像刚出世一般充盈在四周，并且如同一个生命体一样蠕动着。另外，金桂的馥郁、微微扑入鼻腔的清冷，以及土地湿润的气味都弥漫在周围。我想，这是多么奢华啊，仿佛整个世界都在庆祝秋天的到来。

由于这一切，我心中蕴藏的美，强劲而猛烈地向世界舒展而去。

这样的心绪好像过于饱满而将要胀破似的。

那个时候的我，总是非常非常认真地思考着一些事，这些事大致与世界是以怎样的方式、怎样的结构建立起来有关。

所以，当我从这些思考里突然返回现实中时，双眼偶尔能看见不同寻常的东西。

比如，伫立在高架桥下戴着头盔的人。无论怎么仔细观察他的四周，都找不到摩托车。我不禁感叹道，这真是太奇怪了。想要更加仔细地观察，那个人却消失了，许许多多的人捧来的各种各样的花束早已立靠在护栏上。

是啊，他已经在这里去世了……我静静地合上双手。这样的行为如此自然而然。

此外，我还学到了另一件事。

---

① 灰树花菌：担子菌亚门多孔菌目的蘑菇，秋天生长于阔叶树根下。白粗茎反复分枝，高、宽均达20—30厘米。味美。

给逝去的人献上鲜花并非徒劳无益。因为那个人为了走近花束会站起身，那么，他肯定会得到宽慰，鲜花的芬芳也肯定会飘到他的身边。

再比如，当我在课堂上无所事事地盯着同班同学的后背的时候，我的脑际不知道为什么会浮现出同学的爸爸妈妈吵架的画面。我明明没有见过这位同学的爸爸妈妈，但不知道为什么，他们就出现在了我的脑海中。

或许吵架的事确实存在吧，我这样想着，忽然，我对这个非常陌生的同学产生了亲密感。“你的爸爸妈妈能重归于好，真棒！”我在心中淡淡地思索着。之后，不知何故，这位平时几乎没有和我交谈过的同学，在下一个课间休息的时候，却向我投来了盈盈的微笑，回家的时候还挥手向我说道：“拜拜！”

哎呀？我猛然想到，或许在这些看不到的地方，人们相互之间也进行着交流吧。

是啊，所以才会发觉在遇到那些笑容灿烂的人之后，自己的内心深处会不禁一颤。

就那样思虑万千，有时恍恍惚惚，有时难以入眠，有时总觉得无法将自我顺畅地收入自己的身体，虽然很多事我都不能专注，妈妈却没有过多地指责我。“你是有些地方很古怪，不过这是因为你正处于青春期。”她是这样总结的，所以我并没有被自己的思虑重重所压垮。

妈妈多少还是相信那些肉眼看不见的事情。只要那些东西不干扰现实生活。“因为是你可以看见的东西，就当它确实存在不也合情合理吗?”她曾这样对我说道。

“或许因为只有你能看见，所以即便是你自己凭空杜撰的，也没什么不好。在能看到的时候，还是看到为好吧。如果可以永久看到，那么到了那个时候再去苦恼岂不更好？或许它具有某种对人有用的力量，不过目前还很难断言。”

虽然妈妈眼镜后的目光变得有点忧虑，但是我很清楚，她是非常认真地对我说这些话的。

这些回应深深地解救了我啊。多亏了它们，我才没有变得稀奇古怪。

在路上看到半透明的人的时候，早晨看到植物向空气中挥发出大团大团类似蒸汽的东西的时候，另外在公园散步，看到诸如巨大的游鱼、微小的蜜蜂这样不可思议的生物的时候，我仅仅是想想“我能看见啊”，就觉得很好。至少，我没有负罪感，也幸好没有异常得自傲。

当我想到自己是不是有点怪异的时候，妈妈眼镜后的目光就会遽然闪现，然后像图钉一样牢牢地把我钉在这个世间。

妈妈在附近绿色食品店楼上的书店打零工。那里是个怪异的地方，只出售关于精神世界的书籍、更加贴近自然地生活的书籍以及宗教方面的书籍。不过，对于一直以来非常非常喜欢这类书籍的妈妈而言，它无疑是最合适的工作。

另外，不知道为什么，在这个世界上，妈妈最喜欢吃的食物是冰淇淋。无论什么季节，妈妈都会吃冰淇淋。

所以，妈妈工作结束的时候，去书店接妈妈，并在回家的路上一起去吃冰淇淋，就成了我们母女俩的习惯。

在我家附近有一家特别有名的冰淇淋店。如同著名的人物不厌其烦地推介杂志中刊出的食物说“太喜欢了，毫无遗漏地都要品尝”一般，一旦在这家店吃过冰淇淋，其他地方的冰淇淋都会变得黯淡无光。假如这家店搬迁了，妈妈也会搬家吧，妈妈周围的人，包括我，都真心这样认为。

在那里吃冰淇淋，对于我们这样不怎么花钱的母女俩来说，是唯一的奢侈。

那家店很注重冰淇淋的品质，他们并不建议将冰淇淋带出店，因为冰淇淋的口感会变差。而且随着季节的变化，产品种类也会变换，所以虽然我们频频光顾这家店，却总是吃不腻。

我们可以顺便在那里买有机食材，也可以买芳香的橄榄油。我用我的手机注册了那家店的邮件推送服务。一旦有新的产品推出，我的邮箱立刻就能收到信息。之后，我就给妈妈打电话约在那里见面。这般的天真无邪从心底将我们两人紧紧地连接在一起。

我们在店中的小长椅上并排坐下，一起挑选、品尝冰淇淋。这个时候，因为一天中重要的话语已经说完，所以其余的时间可以不多言辞、安心随性地度过。两个人不会一起吃晚饭，大多情况是各自进行。

就这样，我家之前一直处于近似母女二人家庭的状态中。

对于我家而言，爸爸在日本的日子就如同节日一般稀少。

爸爸在的时候，他经常外带冰淇淋匆匆忙忙地从公司赶回家。然后帮助妈妈做饭。爸爸在家的时候，晚饭都很丰盛，油多肉足。另外，他特别喜欢日本料理，所以我们家的饭菜大致都是日式的。而且三个人必然会围坐在餐桌旁，一边说说笑笑，一边观看电视，这完全变成了一个家庭内部的温馨节日。

爸爸去了美国后，我和妈妈又开始了一如往日的冰淇淋和粗茶淡饭的日子。

后来，我这位经常不在日本的爸爸，在这个地区开了一家卖古董和杂货的商店。

由于这里的年轻人之间掀起了一股古董热，爸爸商店的生意变得非常繁忙。

本来一年采购一次就足够了，现在却需要频繁地外出采购。采购的商品并不仅仅是古董，还包括年代不太久远的可爱的茶壶，以及虽然崭新却带有田园风格的桌布。一旦采购了此类杂货，并把它们放置在店里，就会有杂志等媒体介绍爸爸的商店，那么在节假日会有人不远万里特意赶来购买。

于是，仅仅是出售商品就让爸爸忙碌不停了。

往昔一半出于兴趣而自在悠闲地经营的商店，现在却开始了正经的商贸业务。也多亏于此，我们家变得稍稍富裕了一些，再也不用因为担心钱而落入月末拮据的糟糕境地了。不过，爸爸刚回家不久，就因为要继续工作而外出了。最近他待在美国的日子更多了。

由于与那边的某个固定的商店经常打交道，爸爸与之产生了联系，并开始了商贸业务往来。从那边进口了品质优良、适合本店的商品后，我们这边负责业务的合伙人叔叔就会把商品用货船运回来。只此一项业务，一年的时光就在商品的快速流转中稍纵即逝了。家里的生意大致就是这样。

爸爸曾说，这样的商贸流程只要在轨道上顺利运行，并在可控的范围内，那么即便跑来跑去也很快乐。

当然，爸爸虽然那样忙碌，却没有改变自己对家人的眷恋。他经常会送给我和妈妈小巧可爱的礼物，以及“我觉得把这个放在家中的某处会很好”之类的大件装饰品。

“送来这些礼物是在为不失去自己在家中的地位而努力，这和狗狗四处小便划分领地没什么区别。”每次打开礼品包装的时候，妈妈都会这样稍稍嘲讽一下。

“妈妈，你不寂寞吗?”我询问道。

“漫长的人生中，总会有这样的时候啊。”妈妈经常这样回复。

但是，最近家中一直冷冷清清，应该在家的人却没有在，给人一种特殊家庭的感觉。

我和妈妈并不属于爸爸那样充满热情地享受生活的类型。平安无事、精致静谧的生活就让我们非常满足。我和妈妈属于那种满脑子尽是精神情趣的类型。

爸爸偶尔会给我寄来极其可爱却如古代幽灵附体一般的奇异裙子。对此我一点都不开心，我会在附近的寺庙给裙子袚除邪气，但最终也不会扔掉它。我就是这样的一个女孩。

作为父亲，知道自己的女儿穿着这种带有蕾丝的奇异裙子外出与男孩子约会，肯定会焦虑不安吧。

爸爸这种单纯可爱又极具现实感的地方，最让我喜欢了。

我经常这样祈愿着：

希望爸爸和妈妈就这样一直持续下去，千万不要分开……

最近我的内心总是有一种隐隐的不安：他们很难这样一直持续下去。感觉就像碰触到寒冷的空气而身体一颤似的，我的内心某处，总是悬挂着忧虑。

当我的内心充斥着担忧的时候，就能看到远方爸爸的笑脸，也能回忆起他平日在家的每一天。

意识蓦地变得模糊，思考难以聚于一点，后背也稍稍变得冰凉，此时还是放弃思索为好。

严格说来，我已经不是小孩子，我开始羡慕小时候的自己。那个时候，我就是世界的中心，爸爸妈妈只为我而存在，只要有我在，他们就会感到非常幸福。

即便这是幻想，也肯定是人类所拥有的幻想中最强烈的。或许，仅仅是这种父母之爱就可以支撑一个人度过一生吧。

由于是家中独女，我在大人的环绕中长大，在学校里我过得较为愉快，虽然没有比偶尔一起外出的程度更加亲密的朋友，但也没怎么受到欺负。我对这些也并不在意。爸爸妈妈朋友们的孩子经常在我周围，他们的年龄虽然参差不齐，但是我们之间频繁地相聚、发邮件。关系虽不亲昵，却保持着长期的交往。

此外，在日常生活中，我唯一努力上课是在绘画培训班上。

我并不清楚自己将来想要做什么，大概这样下去只能上美术系了，我长期在培训班上课，从小学开始，一直持续到现在。

不过，我的周围有很多人学习绘画，我对绘画这份工作也并不怎么憧憬。所以我只为自己的快乐而学习绘画。爸爸和妈妈都对我说，这样的状态最好。

在这个培训班上，我的年龄最大，其他的都是小学生或幼儿园的小朋友。所以对我而言，这里没有可以称之为朋友的孩子。

喜欢绘画老师之类的事，并不稀奇吧。

而那位老师正是我的恋爱对象。他的名字叫久仓，但我们都称呼他为久君。年龄大约二十六七，是一名靠出售自己的作品维持生计的专业艺术家。

久君成为这个培训班的老师是在两年前。

之前的培训班创始人爷爷退休后，久君就代替他开始工作。

久君从小就在这个培训班上课，因为培训班对自己才华的培养发挥了重要的作用，所以他强烈希望能“教孩子们画画”，于是以老师的身份回到了这里。由于这个原因，在迎接久君的时候，向大家做出说明的爷爷老师备感自豪。

与往日爷爷老师中规中矩的教育方式不同，久君的课堂特别刺激有趣，我们学到了很多新知识。

无论我们画什么样的画，久君都绝对不会抱怨，不会修改。这是培训班一直以来的方针。另外，他很珍惜我们的个性，绝不将我们的绘画向某处诱导。如果有谁特意画了他喜欢的画或是与他的作品相似的画，他几乎要厉声斥责似的发怒，而且比起别人，他受的伤更深。被小学生们安慰时，他经常露出一副快要哭泣的表情说：“画什么都行，就是画一条线也行，一定要画自己的画。禁止画皮卡丘，也不能画面包超人。”

“别人画自己最想画的，有什么不好呢?”我想，而且，小孩子画皮卡丘、面包超人肯定会很开心。这些话我曾想对久君说。如果是爷爷老师的话，肯定没问题。

但是，只有久君不允许。

“就我的经验而言，画一幅虚假的画，就离绘画远一步。我想，虽然在家中无论画什么，只要开心就好，但是在这里它却没有任何帮助。”他摆出一副严肃的面容说道。

“其他人或许会那样做，但是就我而言，对自己的作品都不了解，肯定对自己没有益处。那么，皮卡丘一定是黄色的吗？哆啦A梦一定是蓝色的吗？如果这样做，就没有自己融入画作的余地了。”他曾这么说。

由于得到了他认真的回答，我才不会坠入那种“被大人强迫思考”的焦虑情绪中。我想，如果有自己特别想画的东西，就在自己的画作中将它组合进去，这样肯定会得到久君的认可吧。因为这是自己一笔一画的真实画作，只要“不被藐视”我就会很高兴。我想只要大人们真心欣赏我们的画作，那么我们肯定会很乐意多画一些的。

我从他那里学到了将自己的思考转化成抽象画的方法。处于青春期的我，有着许许多多的变化，内心和身体乱纷纷，并且因为找不到立足点而脱离实际，对于这样的我，抽象画无疑是一种让我变得更加勇敢的武器。

“仔细观察自己的思考，它们肯定有着各种各样的颜色。即使看不到颜色，也可以想像着将它们转化成某种颜色吧。你试着画画。”他以理所当然的口吻说道。

我是第一次听到这样的话，从此，我认识到自己的思考是有颜色的。

之后，我不断地涂色，心醉神迷地将思考转化在纸上，痛苦的时候，涂上痛苦的颜色，而稍稍快乐的时候又寻觅快乐的颜色。就这样，身体在跃动的时候，头脑却不燥热。

我想：“在这里涂上薄荷色，平衡感会更好。”实际上却涂上了自己未曾想到的颜色。我感觉他似乎对此一清二楚。很多时候他都明确地对我说，虽然说不清楚什么地方不对劲，但总觉得这种颜色很碍眼。他没有识破我的伎俩的时候，我会觉得很失望，不过我也注意到自己这样试探别人很丑陋，所以还是停止吧。

就这样，作为绘画老师的久君教会了我，苦思冥想什么并不仅仅意味着身处道路的尽头。

我对久君的情愫隐藏于地下，或许只有这样，我们才能自在舒适地来往。

之后，在那个清秋……某个平淡无奇的下午。

绘画教室的窗户边，装饰着一盆名叫月下美人的仙人掌。经理爷爷的夫人是一位优雅的女士，她总是小心翼翼地照顾着它，所以这盆月下美人才能色泽夺目、茁壮成长。

开花之前，它散发出阵阵芬芳，不过它只盛开几个小时，而且仅仅是在夜间开放，所以我一次都没有看到过它绽放时的胜景。在它将要开花的时候，通常我已经回到家。下次来到教室的时候，发现夜间绽放之后显得无精打采的花蕾，此时都已沉沉地低垂下去，并且还残留着淡淡的甜蜜芳香，如同廉价的香水一般，不过它的味道比香水更加浓郁。

月下美人本来就有着奇特的外形，它的叶子像仿制品一般厚实，花茎竭尽全力地向上生长，让人总觉得它是一株形如雕刻的植物。因为具有强烈的存在感，所以它的花盆成为了整个教室的象征。每年大家都会一边互相嚷嚷着“不趁着花朵盛开作画就太可惜了”，一边忙着对它写生。

在我家里也存放着许多张从小学开始就对月下美人写生的画作。因为伴随着生长过程，植物的形状会一点一点地发生改变，而且我也清楚在我的画作中既存在优秀的地方，也存在失误的地方。所以将它们放在一起浏览的时候，就会觉得十分有趣。三年前爸爸频繁外出时我画的作品，同样是月下美人，不知为何却描摹出一种轻曼舒扬、抚慰心灵的温柔触感。明明自己在作画的时候完全没有留意到这些，但是作品本身给人的那种触感却非常真切。

总之，在那个下午，我稍稍晚了点进入教室，向久君轻轻点头致意，他也点点头。

我坐在座位上，不慌不忙、安安静静地将绘画工具取出来，然后继续画昨天未完成的作品。教室里宁静而温暖，当我聚精会神于画作的时候，不知不觉间我的意识变得朦朦胧胧。当我想要让眼睛休息会儿，突然抬起头无所事事地眺望窗外的时候，那件事就发生了。

从月下美人的植株旁边，跑出来一个小人。

那个小人迅速消失于窗外。小人穿着绿色的衣服，赤裸着双脚。眼睛大大的、圆圆的。

“啊!”我小声喊道，然后看看周围，发现久君没有发出声音，却做出喊叫“啊”的表情向我这边看过来。

不知道为什么，其他人都没有抬起头。

之后，我们两个人同时向窗外仰望。

窗外发生了神奇的一幕。

不知为何，天空闪烁着耀眼的光芒，从天而降的金色粉粒，宛若雪花一般轻盈静谧地落下来。轻轻扬扬地，在窗户的一侧随风曼舞。

“就像雪花……”

我们异口同声地说道，然后面面相觑。

我们俩说出口的，仅此而已。

随后两个人再次同时望望月下美人，确认是否还有什么特别的。

我们俩的微妙感觉完全一致，我们都想着“确实看到了那一切，但是现在没有必要给别人说”。我们也互相明白，对方的想法与自己完全相同。

当考虑同一件事情的时候，他的眼睛与我的眼睛就像长在一个人的身上似的，毫无差别。

之后，我们若无其事地开始干各自的事。我不停地挥动画笔，而他也开始巡视大家的画作。

尽管如此，无论在我的眼中，还是在他的眼中，都烙印下那个娇小精灵般生物的身姿。

我的心扑通扑通直跳，久久无法平静。

随后，我又不由得产生了一种感觉：“这太让人悲伤了！这种事一生肯定只会发生一次。”

窗框反射阳光投来清冷的光线，窗外树木的枝干像烧焦一般呈现出褐色。淡淡的光线将手边照亮。

我想我的一生肯定都会喜欢秋天的。我和别人……特别是和男人互相分享某种东西还是第一次，而且是那么稀有的东西。

我觉得他是一个值得信赖的人，我希望更多地了解他。

“是啊，之后等待着我的是，现实的沉重和腥臭。”

我确信事实肯定是这样的。

但是，那个瞬间却是我人生中应有的光辉，就如同光线倏地射来般的魔法光辉……所有的一切，都以其应有的姿态，毫无保留地将答案展示出来。

在这个存在着各种各样的级别和看不见的东西的世界上，我一直寻找的东西都将其真实的样态展现出来了吗？——这个问题就在那短短的一瞬间，像上帝的恩泽似的降临我的内心。

那样的答案很令人遗憾，但并非是“我能够和他交织在一起”般的作弊行为。

那样的瞬间确实能够永远地持续下去，虽然两个人所固有的灵魂形态会变得模糊，但是心中的眼睛所看到的相同的东西，会在相同的地方存在着。不同的人们偶尔会融合为一，这实在是魅力非凡、难以置信的瞬间。

我的眼中溢出泪水……这样的心情难以抑制。

无论如何，如果不将其以某种形式融入人生，那么这种挥之不去的、令人厌烦的焦虑情绪，就会肆意横行。我感觉，如果不迅速采取行动，那么一切将无法挽回。

“那个，我希望能更多地了解你。如果方便的话，我们可以更加亲密地交往吗?”

在下一次课程结束的时候，我对久君说了这些，但是他似乎并不惊讶。感觉他好像决心对任何事都不会表示惊诧。我想，他的这种做法可真了不起。

“呃……抱歉，我确实不能和小学生恋爱啊。”

他说。

“对不起，我个子不高，但已经是初中生了。”

我面红耳赤地说。

“可是，如果和夕子酱交往，我想我会被解除绘画教室老师的工作。”

久君回复道。

“为什么要说这些东西呢?我想了解的是老师的内心感受。”

我说。

“痛苦，无以纾解的痛苦。我仅仅想知道我的想法是否是错觉。”

此时，久君的脸色变得十分糟糕，似乎在自我反省。随后他又说道：

“那个时候，那个时期，就是我们看到光和其他东西的时候，就是只有我们两个人的时候，我确实感受到某种东西……一瞬间，我发觉你是一个二十四岁左右的大姑娘。而且，我体会到一种我们俩似乎围坐在壁炉前的不可思议的心绪。从这种感觉中恢复过来后，我想将它创作成作品，想将它用画描绘出来。对不起，这就是我的真实感受，似乎欺骗不了你。”

“太好了，你的感受与我正好相同。”

我的眼中溢出泪水。

“我非常喜欢画画。但是，我能够自己作画之后，就不会来绘画教室了。所以，方便的话，请经常与我见面。不管什么时候，只要你高兴都可以联系我。”

说完后，我将自己的手机号递给了他。

他的表情像吃了苦涩的食物一般，默默地接过我的手机号。

我目不转睛地盯着他手中攥紧的白色纸条。

我真的不想离开。

我喜欢大家在那个房间里安静地作画的时光。教室里的沉静，给人一种可口的果实业已成熟的感觉；偶尔的浅聊后，周围的孩子会立马靠近，可以清晰地看到他们的脸庞……这一切的一切，我都如此喜爱。

然而，所有的事情都已改变，我只能放弃。最后一天，我定定地盯着月下美人看，但什么都没有出现。奇迹，在你没有意识到的时候，只会发生一次，肯定是这样的——我这样想道。不过，那个小人肯定还在那里，不管什么时候。

世界就像塞满了肉眼看不到的东西一样。

所以，要尽可能地对所有的事物打开心扉，而不仅仅是对人。

这种感觉如此鲜活、真切。只要打开心扉，或许就能在活着的时候目睹各种各样的奇迹吧，这种事仅仅是想一想都让人心情激越。

那个时候的季节特供冰淇淋是荔枝味冰淇淋。

我和妈妈相互说：“也只有这个时候才能吃到荔枝味冰淇淋。”于是我们每天尽情享受荔枝味冰淇淋，偶尔也会一边吃着巧克力冰淇淋或是葡萄干冰淇淋，一边随意闲聊。不过，我没有提及过久君。之前，如果对哪个男孩有少许的好感，我都会坦率地向妈妈坦承自己的心意，妈妈似乎也很乐意听我的讲述。所以，像这样沉默不言还是第一次。

其实就连我自己都不知道这两种情况到底有怎样的本质区别。我只是觉得久君的事很难说清楚。

“你为什么不去绘画教室了？是和谁吵架了吗？”

那一天，在舔荔枝味冰淇淋的时候，妈妈突然问道。

“呃，只是有点不开心而已。”

说完，我的眼中不禁流出泪水。

过去我并不知道，喜欢一个人会因为痛苦而潸然泪下。我的哭泣让母亲抑制住了继续追问下去的情绪。

当然，他没有联系过我。

每天晚上睡觉的时候，我都不会关闭手机。于是，在第二天早上看到没有音信，我都会非常失望。心情变得阴郁，“等待”的一天又将开始。结果又是一天没有音信的等待。等待的一天的窗扉总是如此昏暗，并且无论做什么都觉得凄凄惨惨。

我的初恋、我的绘画都已失去。我想过要再找一家绘画教室，但是此时没有那样的心情。

每到周二和周五我都会联想到：啊，这个时候在那间教室里，大家有的在刷刷地作画，有的在往画笔上蘸颜料，有的在清洗调色盘……现在，如果到那里去，肯定能看到久君像往常一样在教室里走来走去，用认真的双眼观察是否有人在画欺骗自己的作品。他睁大双眼，聚精会神，为了不打扰大家作画而轻轻地移动脚步来回巡视。

只是这样想着，眼泪就不禁流了出来。我觉得我已经脱离了人生中最重要的道路，不知不觉间我已孤身一人。我觉得肯定出现了什么严重的问题。

“有些小纠葛。不过，我很喜欢画画，在热情还没有冷却之前，我会重新开始作画的。”

我回复到。在久君不再做老师之前，在我将这份感情完全忘却之前，我一定会重新开始作画的。

“这样啊……如果是喜欢的东西，什么时候再开始都行。如果你有什么想倾诉的，无论是什么，你都随时可以和我聊。”

妈妈说道。

虽然不再追问，却无法隐藏想要言说的端倪，她就用这样的眼神定定地凝视着我，并施展着父母的魔法。

我将自己不知不觉间吐露出妈妈渴望知道的事的系统称为“父母的魔法”。因为我是妈妈的孩子，所以这一生我是绝对逃脱不出这样的系统的。

妈妈的感情表达总是如此的简约、果断。看不到她的万分焦虑，她只是留有余地而已。她不仅仅这样对我，也这样对待爸爸，我想她就是这样的性格。

此时，我产生了一种感觉，这种感觉与那种对于久君的亲近感不同，我觉得我和妈妈像同班同学一样在放学的路上吃着冰淇淋。

我想，从灵魂的角度来看，肯定没有什么变化。这与立场、年龄差没有什么关系。

在这个只有三个人的家庭里，每个人都有着不同的职责。我也可以向妈妈提出许多明确的建议。比如，给爸爸打电话碰巧他不在的时候，对于赌气不再打电话的妈妈，我可以用很孩子气的口吻对她说："一个小时之后再给他打嘛，我还有很多话想跟爸爸讲呢。"

但是，尽管如此，现实却毫不仁慈地将一切展现于外。迷恋上绘画老师的我仅仅十四岁，妈妈无论从年龄上还是外观上看都只是我的妈妈……就这样，我被我所感知到的世界冲击到桎梏之中。

关于这件事，我每天都在思考，我想我在看到了超越这一切的东西的一瞬间，才猛然萌发了恋爱吧。

两周后的晚上十点，我在阳台上收洗好的衣物时，有电话打来。透过玻璃，我看见房间里的手机闪着光，所以我注意到了来电。已经完全放弃的我，反射性地跑入屋内拿起手机。

"你好，我是久仓。"

久君说道。

"你好，我是饭塚夕子。"

我激动万分，泪水不禁流了出来。虽然在人生经验谈之类的书中写过："激动万分而泪流不止的时候，难以看清对方。"但是这对我并不适用。因为我是为漫长的等待时间而激动，并非是为对方而激动。而且，这种激动不是为我而产生，它是一种独立的存在。

“那个，前段时间的事，我也没有深入思考过，希望能和夕子姑娘聊聊。”

“我已经不去绘画教室了，所以没关系的。”

“那什么时候可以和你见面呢？”

“什么时候都可以。明天也可以，后天也可以。”

“那么，就后天吧，在北口的老茶饮店喝茶怎么样？”

“哦，就是那个有老爷爷和老奶奶的店吗？”

“对的，现在茶饮店已经和植物融为一体了。”

“嗯，知道了。”

“下午三点怎么样？因为是在周六。”

“好的。”

“那么就这样了，晚安。”

“嗯，晚安。”

我挂断电话，将剩下的衣物收好。但是，与刚才截然不同，我无法再不慌不忙地叠放衣物。随着心中急速流转的光芒，我殚精竭虑。在这样的不安下，我抬头仰望夜空，本来心想或许能看到月盘，但是聚精凝视却完全看不到，只有星星在闪烁，宜人的清风在吹拂。

为了这通电话我等待得太久太久，总算体会到自己轻松愉快的一面，这种心情就如同放下沉重的行李，打开眼前的房门一样。

在那家老茶饮店狭窄的座位上，我们两个人第一次相视而坐。

就这样在日常生活的相会中，毫无怯场感的他和孩子气十足的我之间，横亘着一道坚固的现实。

因为我从来没有一个人进过茶饮店。

“混合咖啡的味道怎么样？没有拿铁咖啡吗？”

对于我的询问，久君能够耐心地加以解释。喜欢酸味的吗？喜欢苦味的吗？喜欢味淡的吗？当久君问我的时候，我回答：“喜欢加了牛奶的浓苦咖啡。”随后他就找来与我的爱好正好匹配的咖啡。因为这是我真正喜欢的味道，所以我会想：“从此，我肯定会迷恋上咖啡。”久君在教人的同时，很擅长引导出别人的爱好，而不是将自己的爱好强加于人。这种感觉就像每次在绘画教室里感受到的一样。

“久君现在有亲密的女朋友吗，会不会因为和我见面而产生问题呢?”

我问道。

“有个人特别喜欢我，我也特别喜欢她。无论哪一方都难以轻易地断绝关系，但是，似乎又都是无法一起生活的人。所以，我想可以称为恋人的人，现在还没有。”

久君回答道。

“那么，偶尔和我见面就没什么问题了。”

我说道。我有一种绝对不想招致别人讨厌的洁癖。这可能是从妈妈那里继承的，妈妈对于这一点非常注意。

久君微微一笑：

“对了，如果可以，请绝对不要问我‘我们是在交往吗’之类的问题，因为我自己本来对于我们的单独见面是有所动摇的。”

“绝对不会问。”

我保证。

“不过，我们两个人确实对一些事抱有兴趣。为什么我想待在久君的身边呢，我自己不清楚；为什么神会让我们看到那样的场景，我也不清楚。”

“真的，那种场景就如同墨西哥的宗教画一般啊。”

久君说道。我明白我们分享的，正是我们一起看到的东西。那个时刻，世界的全部颜色倏地变得浓重，而且带有着异样的光芒。

于是，我确信这是他自然而然的流露。单纯由于年龄的问题，他不会想要亲吻我、拥抱我。而且，他一开始就摒弃了这些念头，所以才愿意与我见面。想通之后，我的内心不免交织着淡淡的失望和微微的轻松两种情绪。

只有一件事我是心知肚明的，那就是时间流逝不止。时间让那个瞬间不断地变得稀薄，最后只留下一具残骸。

尽管如此，我和久君仍然有些迷惑不解：之后我们该怎么做才好呢……画画的那段时光，当然非常美好。如果不能频繁地见面，只能几个月见一次面，让关系慢慢地变亲密了。我还年轻（太过年轻），目前也只能这样了。我们并不会每一次都能看到小人。如果每次都能看到小人，那个异样的世界就会显得过于浓重，那么在现实世界里的生存会变得极为艰难……现实的滞重和虚无，让我感到少许的失望。窗外火棘①的赤红果实像葡萄一般分外繁密，并且光泽艳丽。我不禁感叹道，冬季居然能在这家店的窗外看到这样的红艳啊。这对于我来说，是非常重要的事。另外，窗外还有一片蔚蓝的天空。

目睹这样的颜色对比，我不由得想到：这简直和绘画一样。

但是，如果将它们画入画中，那么与窗边看到的景色相比，画作难以让人感到那种生机勃勃的气韵，也就失去了意义。

想要让不知道这个窗边景色的人了解那种兴奋喜悦……并且想要向他们传达阳光映射下的赤红和透明的蔚蓝所带给人的感受，还是作画合适。虽然有这样的想法，但是对于我而言，绘画果然还是一件太过艰难的事，因为我只喜欢观察，喜欢消逝的东西。这样想来，那种对于绘画教室的依恋也蓦然消失了。

不管怎么样，我只有十四岁，还可以慢慢地思考自己适合什么。并且在思考的过程中，久君是一个极其重要的存在。我知道，

---

① 火棘：叶呈披针形。新长的短枝呈刺状。5、6 月开白花。冬天结橙红色扁球状果实。

只有这一点明白无误。

“之后，我想去附近的古董店看看小盘子，你要去吗?”

久君问道。

“我要去!”

我回答道。

“小盘子？是做料理用的吗?”

我询问道。

“呃，因为作品中需要使用到碎片，所以想去看看有没有花纹精美、价钱便宜的小盘子。”

久君说道。

“如果不要日式花纹的小盘子，我爸爸的店里就有。”

我说道。

“虽然我在寻找日式花纹的小盘子，不过，只要是小盘子，都可以去看看。夕子酱的爸爸是古董店老板?”

“是的。我妈妈在那个绿色食品店楼上、只卖怪异书籍的书店里工作。他们可是这一带有名的恩爱夫妇。呃，不过，我爸爸现在不在店里，你不用紧张。他去美国采购货物了。”

“在美国哪里呢?”

“他说他现在在佛罗里达。”

“是吗……我之前还胡思乱想，是不是夕子酱的爸爸不在身边。原来真是这样啊。”

“为什么你会这么想呢?”

“看你的画时，隐隐约约感觉到的。”

久君说道。

是吗？是从画作中看出来的啊……我沉静片刻。爸爸不在的时候，我的内心感受都通过绘画表达了出来。当然，有眼力的人如果去看自然会发现。

现在，我即便作为旁观者，也能发现这是一个爸爸不在身边的女孩的画作。确实是这样啊。

在爸爸的店里，一直有一个叔叔在打理，他是爸爸的好朋友。

“噢，夕子酱带男朋友来了。我可要把这件事告诉你爸哟。”

他起哄似的说道。

叔叔戴着方巾，穿着牛仔长裤，因为他的夫人是美国人，而且过去是做模特的，所以他经常喝百威啤酒[①]。他就是这样一个人，不过他的内心非常温暖，年轻的时候，他也曾轻狂无忌，非常帅气。长期没有和爸爸见面的时候，如果和他相遇，我就觉得特别舒心。

“不买也不要紧哦。不用担心哦。”

对久君说后，我就去欣赏自己喜欢的古典玻璃珠和花边了，而久君开始痴迷般地采购镀锡铁皮的锅垫、古代苏格兰短裙的碎布和非洲的串珠。我想，带他来看可真好。在久君的作品里，和我一起来到这里的今日，如同日记一般被编织其中，实在是太让人幸福了。

另外，多少年之后，当我回忆起现在的心情时，我会觉得这才接近我期许的人生。

“您和我爸爸联系过吗?”

---

① 百威（Budweiser）是世界知名的啤酒品牌，1876年诞生于美国，公司总部设在美国密苏里州圣路易斯市。

我试着问叔叔。叔叔回答道：

“他说他可能年内没办法回来，不过他想在新年后回来。”

“这样啊……又是一个爸爸不在的新年。这样的话，妈妈的年夜饭就会少很多菜品，太扫兴了。”

我如此回复道，硬是没有说出“寂寞”这个词。

“他说他想吃年糕汤，所以一月中旬会回来。”

“原来他不想见夕子，而只是想着年糕啊。”

“他害羞说不出口而已！叔叔这一代人，对于正处妙龄的女儿的感情，是极其复杂的。非常对不起，我并不想对此横加干涉，不过，我自己也一直贪玩，也清楚爸爸对于女儿而言多么没有价值，但我就是焦虑不安。他的心情我一清二楚。不过，那家伙从过去开始与我相比，就不怎么招女孩子喜欢。”

叔叔笑了笑，我想了想他说的话，心情也稍微变得愉快了。

虽然这次叔叔让我的心情变得舒畅，但偶尔他会非常口无遮拦：

“那个家伙说昨天他喝了太多的正宗加利福尼亚酒，竟然醉得两天都站不起来。”

或是，“他和那个店里的人关系非常好，所以他暂时搬出宾馆，住进那对夫妇的家里了。他好像每天还要去国立公园徒步锻炼了”。

等等。每当听到叔叔的这些话，我的内心就会一紧。叔叔似乎在描述一个只为自己活着的爸爸，一个没有妻子和孩子的爸爸的人生景象倏地变得如此真实。我并非吃醋，只是感觉到深深的虚无。简而言之，或许就是那种被抛弃的感觉吧。

此时我只是笑着对叔叔说：“真好啊！”“这样啊！”但是，我的内心却在隐隐作痛。虽然在回家的路上看到夕阳下在河水中嬉戏的鸭子，这种痛苦就会被忘却，但是，我们不在的时候爸爸依然能开心快乐的画面，一直如针扎似的存留着。

离开爸爸的商店，在回来的路上发生了一件奇怪的事。

那时，我们越过小河，从住宅区朝车站的方向走去。我和久君一边走，一边闲聊着无关痛痒的话题。就在那个时候，两个人忽然感觉到某种东西而沉默不语。

我们感觉就在前方发生了不可思议的事。停车场附近的树木根部，似乎有什么未知的东西在闪闪发光……不对，这种光芒耀眼夺目、熊熊如火。它就这样闪耀着。这种景象就如同赫夜姬①进入竹子里似的。这是一种之前从未见过的光芒。

它还出乎意料地放出能量，并伴随着炸裂。

我和久君相互对视后，朝树木的方向走去。就在那时，一只野猫在那里倒下了。

“带它去医院吗?”

我问道。

“不用了，我想已经来不及了。”

久君说道。

野猫的瞳孔已经张开，胸部剧烈起伏，嘴中还哈哈地呼着气。但是，它的全身被某种强劲的力量和耀眼的光芒包裹着，它的样子让人觉得它好像来自邈远的地方，刚刚在这个世界上出生似的。

我们想至少给它喝点水，但是就在我们去取水的时候，突然，

---

① 《竹取物语》中的女主人公。来自月亮世界的神仙美女。诞生于竹子中，由砍竹老翁夫妇抚养长大，成为美女。后拒绝众多的求婚者，于八月十五日夜晚回到月都。

像电灯熄灭一般，周围的空气恢复原状，并稍稍变得暗淡。

“啊，生命之光消失了。”

目光锐利的久君用一双善于观察的肉眼看着它说道。

猫咪死了，一切的生命活动都已停止。这时，不知从哪里飞来的苍蝇，一瞬间聚集在猫咪的身上。

我在包中找了找，然后将一条手帕轻轻地盖在猫咪的身上。

虽然我觉得这样做会玷污猫咪高洁的死亡，但是对于当时在场的人类这种种类的生物而言，也只能用这种形式表达自己的敬意了，所以我还是这么做了。

“太厉害了……死亡的时候，能够如此激烈，能够如此生气勃勃，就像刚出生似的。”

我说道。

“我还是第一次看到灵魂离开肉体的瞬间。”

我们的情绪都非常严肃凝重。偶然邂逅的猫咪让我们看到了这一瞬间，这对我们而言或许是碰巧遇上，但是对于猫咪而言却只有这一回。

“其实我也是第一次遇到这样的情况。当我急匆匆地赶去的时候，老爸已经去世了……不过，我没想到它会放出如此耀眼的光芒，会充盈如此丰沛的力量，而且一切在瞬间消失殆尽，这就是生命吧。”

“不过，它并不让人感到害怕。另外，亲近的人去世了，并没有预想中那么令人悲伤。”

我不禁握紧久君的手说道。

“嗯，我也是这么认为的。我觉得老爸去世时比之前更加安详。”

地面上，我的花纹手帕鼓起猫的形状，显示着业已无法挽回的时间。

“感觉我们总是非常投缘地一起看到奇异的东西。”

久君说道。

“或许我们正是被奇异的东西牵引到一起吧。”

我回答道。

“可能是奇异的东西对我们两人的组合特别喜欢，所以相互呼唤而来吧。”

于是，两人静静地相互点点头。久君的手干燥而温暖。

“你有一个年龄比你大许多的男朋友啊。”

妈妈说后，睁大了双眼。

当我知道久君喜欢吃冰淇淋，而且是妈妈爱去的那家店里的冰淇淋时，我就感觉到这一天终会到来，但是我没想到妈妈竟然会在午后茶歇的时候来吃冰淇淋，所以内心不免有些不安。之前，妈妈摆出一副佯装不知的表情，在傍晚时分来和我吃冰淇淋，冰淇淋简直就是她的主食，妈妈竟然喜欢吃冰淇淋到这种程度……对于不喝酒不抽烟的妈妈而言，吃冰淇淋就是唯一的娱乐吧……本应该焦虑不安的时刻，我却在这里胡思乱想。

“这位是绘画老师久仓君。”

我介绍道。久君一边吃着冰淇淋一边站起身点点头。

妈妈摆出一副“原来如此啊，这样事情的来龙去脉我就全弄明白了”的表情。随后，和我们一样点了牛奶冰淇淋。

之后，一阵令人窘迫的沉默在我们之间流淌过。

原本我没有那么喜欢吃冰淇淋，再看着他们两个人，我似乎更加品尝不出冰淇淋的味道了。他们两个人像是逃避到冰淇淋中似的，只是一味地挥动着勺子。

“你们有什么打算，要交往下去吗？”

妈妈小声地说道。冰淇淋店的老板都听不到她的声音。然后，她又摆出若无其事的样子。

“我……”妈妈很快就盖住了我的声音。

“我在家可以慢慢地听你说。”她说道。是啊，她说得对。

“那个，我的精神年龄其实和夕子酱是一样的。所以，我也说不出有什么打算。”

久君真的像小学男生一般说道。

“不过呢，你们这样子也太亲密了吧，实在是没办法让人默默地看下去。”

妈妈露出一副为难的表情说道。

“我呢，暂且是生活在现实中的，所以并不打算对儿童绘画教室里的前学员下手。”

久君说道。

“不过，再怎么想我都只能说我确实喜欢夕子姑娘，我很在意她。”

此时，久君为了斟酌词句而思忖片刻，我的脸已经羞红。

“将来会怎么样，不经历是无法知道的。这就是我最真实的感受。不管怎么样，我都不能迅速地与别人亲密起来。我和普通男人有许多相同的地方，一旦接过一次吻，对于继续深入下去抱有极大的兴趣。所以，我希望现在能站在将这一切都摒弃的立场开始和夕子姑娘交往。自己的心中没有限制是非常可怕的。之后，了解了夕子姑娘的想法，我觉得对于我的作品创作也大有参考价值。对我而言，这是一件非常好的事，所以我很希望能和她在一起。现在，我并不关注她的面容和身体，只是特别喜欢她体内渗透出的自由思考所带来的那种氛围。”

久君的表述如此诚恳，虽然妈妈努力摆出一副佯装不懂的表情，并用一颗严厉的心审视着，其实她的内心早已被打动，对此我一清二楚。然后，我傻傻地想：“能够喜欢上这样的人，真好。”别人怎么看我并不清楚，但是在某种意义上“什么时候再深入一步发展呢”之类极为重要的激动时刻的缺失，或许会让我十分失望，但是对于我，这却是一种不会招致我讨厌的做法。

“好吧，不过我可不会说‘那么我就全力支持你们’。”

妈妈说道。

两个人虽然互相投掷了牵制球[1]，但又慢慢地互相认可。

啊，我不禁觉得自己像傻瓜似的被守护着。

“我们是朋友。到底不能全力支持什么呢，我需要好好想想，阿姨，也请认真想想。”

妈妈点点头。

“那么，妈妈我们晚上再见。”

我说道。

“要早点回来呦，可千万不要私奔了。”

妈妈微微地笑了笑，我也舒了一口气。

“真好，你竟然有这么好的妈妈。”

久君露出一副小孩子般的表情说道。这种表情猛然间让人联想到小学生的幼稚表情。

“嗯，不过我觉得只是一个很普通的妈妈而已。真的，很普通。这种普通或许就是她的稀有之处吧。”

---

① 棒球运动中，为阻止跑垒员偷垒或使其出局，投手或接手投给垒上有跑垒员的内场手的球。

我说道。

尽管如此，我清楚，妈妈外表上看虽然并不表露，但是内在极为深邃，对此我也颇有些喜悦。

有好几回，同班的朋友或是熟识的同龄人对我说："夕子的家真好啊。"

"不由得有种自由的感觉，能和父母像朋友一般随意交谈，父母的职业也很帅气，想要做许多奇怪的事的时候，父母也会同意。和我家的情况完全不同。"

去年比较亲近的同班同学村上曾这么说过。

村上同学的眼睛里总会瞬间闪现出羡慕非凡人生的神色。周围与爸爸妈妈同龄的大人们，也经常会向爸爸妈妈流露出这样的神色。我想，他们只看到了最好的一面，所以才会误以为爸爸妈妈的生活非常棒吧。工作的浮沉、心情的好坏、不断重复的纠葛以及虽然有了孩子却难以真正胜任父母的角色，如果将这些统统省略的话，那么爸爸妈妈的生活确实很棒。

不过，爸爸妈妈并不只是在某个方面承受着辛劳，其他方面毫无压力。因为重要的部分奇异地被凸显了出来，所以乍一看会误以为他们愉快地过着休闲的生活。出外旅行、尽情享受冰淇淋。感觉我家似乎没有大人似的。其实，并不是这样，只是大人们的生活之道不同而已。他们为了安定而温馨的生活所作出的诸多牺牲以及如果一切都丧失便会陷入迷途的危险，我都一清二楚，因为我总是从下往上仰望着他们。

“嗯，还算快乐吧。不过也会有许许多多的状况出现。”

我故意用一种略带忧郁的口吻说道，让村上同学感觉不要再追问下去为好，这样就可以终止我们的对话。

其实，无法说出口的事真的还有很多很多。我从小就懂得，什么丑事都没有的家庭是根本不存在的。爸爸妈妈周围那些被称为朋友的大人们虽然不受世俗的羁绊，自由地生活着，但是其实他们的家庭中也存在着许多的磕磕绊绊。

不过，其他家庭的具体情况我也不是非常清楚，也就不在此纠缠了。有时候妈妈专心读书或沉浸于其他什么事，完全忘记了做饭、开灯和打扫卫生。这时她也不会展露笑脸，甚至不换衣服、不泡澡。

最近，《指环王》被拍成了电影，借此机会，她又重读了一遍全套《指环王》，在此期间她就是由于过于沉迷，多次忘做该做的事。虽然我已经是大人，可以自己做饭吃，可以自己烧水洗澡，可以自己选择时间睡觉起床，这些对我而言都不要紧，但是，在我非常小的时候，妈妈忘记做该做的事会让我特别痛苦。

即便是现在，一旦妈妈陷入自己的小世界中，和小时候一样，我依然会感到迷惘。

小的时候，每当妈妈忘记做晚饭，我们就吃外卖，那时一点都没有感到悲伤。但是，对于还是孩子的我而言，妈妈在她头脑中似乎去某个遥远的世界旅游了，无论怎么和她搭话她都不理会，即便紧紧地靠着她，即便像往常一样能感觉到她肌肤的温暖，但她对我漠不关心，这实在太可怕了。有时她没有来幼儿园接我，老师就给她打电话，在她来之前，我都需要一个人静静地等待；有时早晨妈妈没有按时起床，连累我也不能按时起床，结果只能旷课。

或许，村上同学的妈妈和我的妈妈不同吧，村上同学的妈妈是个合格的社会人的前提，首先是一个称职的母亲。

所以，村上同学的妈妈绝对不会忘记做晚饭，绝对不会一觉睡十四个小时，也绝对不会忘记接孩子。当然，也有一些不愉快的日子，但是村上同学的妈妈肯定会对村上同学露出笑容，另外，当盯着她的时候，她也不大会两眼漠然地似乎身在他处吧。

我的妈妈就是这样。虽然我知道爸爸没有被妈妈束缚住是我家的优点，但是当时我还是觉得很悲伤。

如果有一个人能每天按时给我做饭，那该多好啊。“我很喜欢倒时差的父亲起床后，大家一起在半夜两点去家庭餐馆”之类快乐的举动，不过，无论何时回首，我都觉得家里能有一个将照顾我作为最重要的事的母亲，才是最可贵的。

就这样，我度过了一段对虚无缥缈的事近似发狂的焦灼期。

所以当有人轻松地对我说“你们家这么自由可真好啊”，我就觉得向这个人吐露隐情是一件非常麻烦的事。

不过，久君的问话方式并不是这样的，他给人一种更加周密的感觉。到底哪里不同呢，只是因为我喜欢久君，所以对于“不了解我的内心真实想法”而不感到生气吗，其实我自己也不清楚。不过，我隐隐地感觉久君是在认认真真地想像了妈妈的不足之处的基础上，才那么说的。

“久君的妈妈是个怎样的人呢?”

我询问道。

“至于我家，已经离世的父亲过去在这附近开了一家画廊兼咖啡馆的小店。母亲用木头创作雕刻，然后在店里出售。看到这样的小买卖，就知道是普通家庭了。对了，我现在使用的画室，就是过去母亲用作雕刻室的地方。我的性格就是，当所有东西都堆积在一起的时候，我会变得非常混乱，所以我还另外租了房子。不过，母亲的性格与我的正好相反，她一旦睡过一觉，就会失去创作的欲望，精力也难以再集中，所以她总是沉醉于作品中，一直住在雕刻室。这个时候我就觉得父亲和母亲似乎分居了。所以对于夕子酱家的情况，我是感同身受的。我父母两个人的关系一点也不差，但是我的家庭是只能在周末见面的家庭。所以，我母亲是个喜欢独处的人，即便她的身边有人，她也只会一个人对自己感兴趣的事忙得手脚不停。”

“那么，你会有时突然感到寂寞吗?”

我想知道他是否和我一样，所以试着问了问。久君微笑着回复道。

“没有哦。我的母亲是个很开朗的人，不会让别人感到寂寞。不过，小的时候，我觉得我经常感到孤单。这些事都已经忘记了。”

“家庭不太正常的孩子都是这样的，小时候会感到非常痛苦。”

我说道。久君点点头，又说道：

“我的家人还住在一起的时候，随着我的年龄的增加，家人之间开始保持沉默，生活方式也多是沉醉于各自的工作中，所以我们之间也没什么矛盾纠葛。”

“从那个时候开始，久君就创作现在这样的作品了吗？”

我问道。

久君的作品中虽然已经确立了属于他自己的风格，但是那种风格还是发生了很大的变化。

在金属上巧施细工后再添加上各种各样的平面画作，或是给废弃物的碎片涂上色彩，然后像镶嵌图案一般将它们拼贴组合在一起，构成一幅闪闪发光的画作。

这样的画作既像墨西哥的圣像画，又像孩子将打碎的瓶盖用烙铁焊接在一起似的。从那以后，总觉得他的作品与爸爸的店里非常畅销的美国古风苏格兰短裙相似。

从远处看，他的作品折射出铜色、金色和银色的光泽，其中还混杂着涂有鲜艳色彩的绘画，所以它非常扁平却很立体……只看到这些，会让人发狂，完全弄不明白他的大脑中到底在想些什么。作品的主题也经常是描绘人世间不存在的世界、未曾见过的树木、不可思议的俊美人群以及他们的随身携带物和衣服的花纹等等。

不过，这些作品明明是用金属制作的，却给人一种森林、大海、星空般的自然感觉……只有这一点千真万确。另外，这些作品没有任何自以为是的地方，完全是认认真真地、高质量地、花费大量时间创作的。

“嗯，是的。在镀锡铁皮上用线条雕刻画作，然后凿空用绳索连接起来的方法，那时还没有现在这么流行。曾经还有一段时间将它强行做成版画然后印制在纸上。”

“那么，感觉和现在相比完全没有变化啊。”

“是啊……我也没有跟谁学习过，就是用那里已有的东西创作，结果竟成了可能要一生持续下去的创作方法。越是创作，越是感觉前方还有路，结果就一直延续这样的形式了。很意外，这样的创作方法，不管是怎样的东西、怎样的心情都能表现出来。对于我，比起单纯的作画，这样的创作方法更加简单。对于作画，我总是想无中生有、敷衍了事，但是对于那样的创作方法，我却能陶醉其中，并在不知不觉中步入远方。”

“久君的大脑总是和那个遥远的世界连接在一起啊。那么，你的妈妈呢……？她在创作什么呢？和久君的作品相似吗？”

我问道。久君倾斜着脑袋想了想，回答说：

“或许并不相似。母亲是母亲，感觉她一直努力地凝视着另一个世界。我的母亲总是创作一些不明所以的树精的雕像。呃，就跟我们那次看到的小人一样。当我看到那些小人的时候，就觉得对它们非常了解，特别眼熟，于是我想到或许它们紧跟着我从母亲的房子里跑出来了吧，不禁大吃一惊。”

“是吗？或许就是这个原因，你才能走进精灵和妖精的世界吧。源自遗传。”

“算了吧，第一次看到那东西的时候，我可是深受震动。我不禁想，母亲看到的东西，原来真的存在啊。”

“是啊……那么，你对于你妈妈的感情也发生变化了吧。”

“嗯，之前觉得‘母亲总是追逐着那些看不见的东西，脑子肯定不正常’，但是，她到底想要干什么，直到那个时刻我才第一次发自内心地理解。就像唱片一样，如果处于那样的精神状态，如果轨道吻合，那么就能看到不一样的东西。”

久君说。

“可是，如果没有看到它们，或许我这一生就再也看不到了吧。”

“我至今都觉得自己还处于梦境中。”

出人意料的是，两个人都如此过于珍视那段回忆，以至于不再谈论它。

“正因为如此，才想要把看到的东西留存于作品中，然后让它广泛传播。我非常能理解无法停止创作的母亲的心情。”

久君继续说道：

“之前我觉得母亲的作品非常优秀，看到她的作品，就会想到她是一个想像力天马行空的女性，但是最近我突然觉得她更像一个进行野外调查的冷静学者。”

"这些话，听起来真有意思。"

我说完，久君淡淡一笑。

"但是，母亲这样热衷于工作给我们带来的疏远感，以及她总是观望着另一个世界的样子，让我觉得父亲实在是太孤单了，而且我觉得这也太不正常了。在我刚升入小学的时候，由于父母间的争吵，母亲曾离家出走过。"

"啊？"

果然是不管看上去多么幸福的家庭，都会存在一些问题啊，我想。

"不过，她很快就回来了。谁的家里都可能出现离家出走的情况吧。不过都是些假装离家出走而已。"

久君又笑了笑，之后他使劲咽下一口口水，说道：

"实际上那个时候，我由于哭得太多，眼睛都看不到东西了。"

听到这些，我真是大惊失色。

人如果想着看不到这个世界就好了，结果就真的看不到了。虽然我隐隐约约地觉得这种事是可能的，但是实际上听闻确有此事，不免大吃一惊，而且那个人竟然是看上去如此清爽潇洒的久君。

“你真的是非常非常喜欢你的妈妈啊!”

我说道。

“那个时候，非常喜欢。不过，也理所当然，那时还是小孩子嘛。想不出什么事能比孩子被母亲抛弃以后再也见不到面更加悲伤的了。或许被母亲抛弃比母亲离世更让人悲痛吧。”

久君说道。之后，我又询问道：

“如果那个时候，我与久君非常亲密地交往着，然而之后，我却甩了久君转投别人怀抱的话，那么当你的眼睛看不到的时候，肯定会深深地思念我吧。”

“呃，比起孩子被妈妈抛弃，我觉得这还能忍受，毕竟我也已经是大人了。”

奇怪的是，久君竟然认认真真地回答了这个问题。我本来只是打算开玩笑，此时不禁感到羞涩，脸庞微红。

久君并没有注意到这些，他眺望着远方说道：

“父亲告诉我，母亲说她暂时不会回来了，离家出走了。我身体扭曲地哭泣、喊叫、乱闹，第二天醒来发现母亲还没有回来，又开始哭泣。我绝对不承认这是事实。我哭着、哭着，嗓子都已经哭哑了，但她还是没有回来。所以，我想我还是别看到任何东西了。就在昏暗的屋子里，痛苦万分地哭泣着，无论睡觉还是起床，屋子都保持着昏暗状态，而我一个人躺在被窝里，想着这就是地狱啊。这样的人生太让人讨厌了，我不想去地狱，也不想看到任何东西。”

久君说道。

“于是，我的眼前就像蒙上一层轻纱一般，只能看到模模糊糊的图景。”

“这也太阴郁了。”

我小声自语道。

“那天早上，她在出走之前什么也没有告诉我，之前她也没有这样做过。她紧紧地拥抱着我。那个时候母亲身上的香水味还依然留存在我的脑海中。我觉得她可能永远也不会回来了。我不停地哭、不停地哭，心情极度低落，即便头部和腹部疼痛难忍也依旧不停哭泣。”

“那你妈妈最后回来了吗？”

“嗯，两周后就回来了。”

久君说道。然后难为情地继续说道：

“那个时候我可真是个超级大傻瓜，现在也依然是。”

“为什么?”

“那两周真是一段痛苦的时期。一切都已经过去，那个时候的事本应该当作笑料说出来，但是也只有那个时候的事才让我不断地回忆。我当时在想，明明知道我的眼睛已经看不到了，母亲为什么不马上回家呢；为什么过那么久才回来呢?”

“啊，可真是执着啊。”

我笑了笑。

“见笑了，不过，我不总是这样患得患失的。”

久君露出一副微微生气的表情说道。

我笑着说道：“对不起，我就开开玩笑罢了。”

“不过，有时猛然间回想起那些事，真的会让人痛苦挣扎，难道是我的内心太过阴郁吗?”

“即便没有听到这些事，我也能理解你的心情。平时可以被谅解，但是在某些时候突然回忆起来，还是会引起怀疑。”

我说道。

“我的生日已经过去一天，爸爸才打来电话，而且，爸爸的房间里非常吵闹，似乎还有女人在。一想到这些我就觉得自己的内心好虚无。”

“因为距离远，所以会产生强烈的嫉妒心吧。”

“或许吧，不过，重要的是，那边才是爸爸的日常生活，我根本无法介入，也难以被接纳。”

一旦说出口，就会觉得非常舒畅。同时也感觉到那似乎没有什么大不了的，明明在那之后我曾失眠过。

我出生以来第一次失去喜爱的人，第一次甩掉我的人，或许就是爸爸吧。

在我成长过程中，最需要家庭温暖的时期，爸爸却在为工作奔波，即便对此不过多介意，我还是感到非常伤心。我觉得我的这种情况或许与久君的情况相似吧。

为了不让别人留意到自己的自尊心，总是将伤口埋藏在深处，绝不轻易说出口。或许我们就属于这一类型吧。

“你爸爸可能觉得你已经是大人了吧。你有些地方也确实比较成熟。”

久君浅浅一笑。

“我不也是被你吸引，而且你还能像我的同龄人一样和我谈话。你希望停留在孩童时代的意愿，完全没有跟你爸爸讲吧，肯定没讲。”

久君能这么说，我的内心变得轻松而舒畅。我想，爸爸的本意可能就是这样的吧。

爸爸的世界就是无论什么东西都用眼睛看、都用耳朵听，然后原封不动地摄入的世界。这样的世界对于我而言，并不怎么错综复杂。

我说道：

“你能这么说，真是万分感谢。我的心情轻松了许多。”

片刻之后，我又说道：

“久君的妈妈肯定是因为一些无法跟幼年久君讲的人生问题，或是与你爸爸有关的事，需要花费一段漫长的时间去深入思考吧。所以，即便她回来了，然后又离家出走了，也不是什么非常残酷的事。或许，仅仅是花费一些时间吧。”

“嗯，这个道理我也是明白的。”

久君说道，

“可是，那个时候的悲痛和憎恶，已经冷冰冰地残留在我的身体内了。”

“这个我可以理解。”

我回复道。被抛弃的幼小久君确实非常可怜。

久君历历在目般开始说起过去的事情。

“那时我已经放弃了，不过还是吃不进食物，也看不清东西。就这样沉睡过去，父亲也已经外出，就在这个时候，母亲突然回来了。晚上，门打开了，母亲从玄关走了进来，然后顺势脱掉鞋，再砰砰地打开寝室门，朝我睡的被褥猛跑过来。从母亲的衣服上可以闻到外面寒冷空气的味道。母亲将我叫醒，然后紧紧地抱着我，由于抱得太紧，我的身体有些疼痛。之后，母亲的体温就一下子传到了我的身上。我第一次产生了恍恍惚惚的感觉。我的脸埋在母亲的胸前，紧紧地抱着她哭泣不止。我与母亲之间没有任何空隙，似乎脚都牢牢地缠在了一起。之后，母亲说道：‘我绝对不会再离家出走了。’她一边哭着，一边又说：‘我绝对绝对不会再离家出走。’随后，我们嚎啕大哭，感觉身体都开始发热了。就这样，我们紧紧地靠在一起坠入了梦乡。即便是睡觉，我也是紧紧地抱着母亲，不希望离开她。我至今还记得那时的喜悦心情。明明那么闷热难受，明明母亲的身体微温而且无力，还散发着汗臭和体味，这种情况明明糟糕至极，我的脸庞还因为眼泪过多留下了盐渍，黏黏糊糊，然而这就是最幸福的时刻，也是我永远都不想离去的时刻。”

久君说道。

我感觉那个时候久君的心情已经全部渗透进我的心中。

“父亲回来后，与母亲重归于好，之后他们的夫妻关系再也没有恶化过。他们并不是因为我而这样做的，他们似乎深入地交谈过，最后决定采取这样的做法。所以说，我家就是个平凡的家庭，没什么惊天动地的大事。也只有通过这些事才能明白我的感情有多么强烈。不过……当时，我不由得觉得：‘这下可不好了，我强烈的感情早晚会毁掉我。所以一定要用某种方式把它排散出去。’我并不是停留在语言的表达上，而是真真切切地感受到了它的意义。一个月之后，我恢复了视力。那时我才切身体会到，想要消解自己曾经强烈渴求的愿望，是需要花费时间的。”

“是啊。”

我擦拭着眼泪回答道。

“所以从那以后，我就开始动手持续创作。如果不这样做，我早晚会毁掉自己或他人吧。”

久君说道。

久君的眼睛里浮现出泪光。感觉两个人就像傻瓜似的，而此时的氛围似乎也让人不得不落泪。如果他的妈妈没有回来，那么我们两个人的身体和眼睛附近的肌肉肯定会变得坚硬，也肯定能努力不哭吧。

但是，实际情况并不是这样的，两个人都泪流潸潸。我觉得，能这样真好。

“我们都哭了，像傻瓜似的，不过我们两个人确实都哭了。”

久君说出了我心中所想，然后他拭了拭泪。

我没有再多费口舌表达内心的想法，只是说了句：“嗯。”之后也拭了拭泪。

我觉得自己的口中依然残留着冰淇淋的甜味。临近冬日的空气分外澄澈，天空宛如大海一般展现出一片渺无边际的深蓝。现在，必须回家了，但是，今夜注定难眠。许许多多让人无法入眠的事闯入了眼中，闯入了脑中。虽然依恋不舍、难以离别，但是我们还是在那个熟悉的十字路口辞别了。

我已经对久君非常熟悉，所以没有了那种扑通扑通心跳的感觉。不过，每次离别的时候，我还是会产生一种不可思议的感觉。这种感觉就近似于小时候和毛绒玩具睡在一起，第二天早上去上幼儿园，不得不与它分开时所产生的感觉。

我想，如果这样下去，那种恋爱时怦然心动的感觉也会消失吧，不过，比起恋爱，此时我更想追逐这种感觉。

“呃，久君的作品，为什么不是绘画，而是变成了那种风格呢？刚才你好像说，是因为这种风格的作品需要大量的手动作业？”

之后，在行走的过程中，不知道为什么，这样的问题从我的嘴中跳了出来。我突然灵光一现，觉得目前为止我们所说的肯定具有某种关联。久君又说道：

“我觉得应该就是这样吧：母亲回来后，我们一家人外出旅行了。因为当时是冬天，所以我们想去暖和的地方，结果就去了冲绳。我的母亲在冲绳出生，那个时候我的外婆还在世，所以我们就去那里玩了。因为是冬天不能游泳，所以我们去了附近的美丽海岸。与往常一样，母亲又恍恍惚惚地步入自己的世界中，爸爸喝着罐装咖啡，也神色恍惚地听着海涛的吟啸。父母能够重归于好，而且还在车中说一些颇为孩子气的话，我就特别开心。我向神灵深深地祈祷着，看着脚下，深深地祈祷不要把这样的祥和从我的身边剥夺走。那个时候，我的脚下混杂着许多贝壳、珊瑚、瓶盖、玻璃的碎片、圆石和捏扁的罐头。在阳光的反射下，它们发出奇异的耀眼光芒。我觉得这实在太美了，一定要牢牢地印在眼睛里。与他人不同，我只是祈祷，从来不会添加一些无聊的诉求。我只想用自己的力量来呵护只属于自己的东西。或许这件事对后来的事产生了影响吧。如果我所创造的世界与某个已经存在的世界相似的话，或许它就会向我靠近。虽然我也不是非常了解，但是我觉得，在我出生之前，已经身处于我所创造的那个世界中，而一旦出生后，我就想要把它们用作品的形式表现出来，所以才在人生的重要场合看到了与之相似的东西。恐怕事实就是这样的吧。它们从哪里来，其实我也不清楚。”

真是颇具洞见的话语。

此时的背景声音是：来来往往的人们的交谈片段、汽车的声音、电喇叭的声音……给人一种颇有生活气息的小镇意象。枯叶的味道伴随着凛冽的空气，笼罩着四周。

车流与往常一样，像河水般奔流不止。车中每次都坐着不同的人，向某处飞驰而去。总是这样，坐着不同的人。不会再有第二次。这个年龄的我，与这个年龄的久君在一起，也不会再有第二次了吧……这个瞬间带有一种不可思议的真实感。

你有没有在某一天这样想过呢?

在这样的情况下，一切的一切都快速流转，让人希望它们能够停止，但是这样的一切又如此迫近真实。

生活，就意味着激越不息、忙碌不止，一刻都不能浪费。

虽然每一天，妈妈都装作若无其事的样子，但她还是找机会问了我许多事。

因为爸爸不在家，妈妈的闲暇时间比较多，所以才会在教育我上下功夫吧……最近我偶尔这样想到。之前感觉她都是放任自流的风格。另外，我渐渐步入女生的妙龄阶段，她突然有些担心了吧。

不过，能够引起妈妈的担忧，对于作为独生女的我而言，是一件令人喜悦的事，我一点都没有感到厌烦。

"我已经认真思考过久君说过的东西。我反对的是，我觉得久君可能只是想和你玩玩而已。你并不善于与人交际。你是在大人们的悉心呵护下长大的，你只是看上去有点大人气而已。实际上，在你的成长过程中，你从来都没有经历过什么阴谋诡计，所以我特别担心你。你还是个孩子，头脑还很不成熟。他的年龄比你大，所以他承担的责任也更大。"

妈妈说道。

"我会特别注意在和他见面的时候，不要让他的责任过分沉重。不过，还是我喜欢他更多一些，所以我觉得这个问题非常复杂。现在的情况还好，但是之后会变成什么样呢，我一点头绪都没有。这种事还是我第一次遇到。"

我回答道。

"嗯，无论是什么事，如果是初次遇到，一定要自己去思考解决。就这一点，我是绝对不愿意干涉的。"

妈妈果断地说道，片刻之后，她又说道：

"不过，一定要在某个时候发生的话……啊，我的意思不是指肉体方面的，而是指恋情方面的。如果对方是那个人，我觉得也不错。”

妈妈极其谨慎地选择过词句后说道。我觉得她不必这么谨小慎微。

“我不想那么执着地追问下去，不过，你一定要守住底线啊。当你们要外出远游的时候，一定要告诉我你们的目的地。千万不要到处乱跑。要把这些事一件一件地做好，要花费许多时间。不过，我也清楚热恋中的人们很难把所有事处理好。你只要尽力就行，希望你能铭记我所说的话。”

“嗯，我会按你所说的去做。”

我回答道。此时的我也只能这么回答。

初冬，久君的个人作品展，在他熟人的画廊里举行了。

那个时候，我以为艺术家是将自己封闭在工作室里创作，不过久君平时就创作了许多作品，所以此时他的作品量非常充足。另外，他为了顺利完成任务，还比平时稍稍加快了速度，并且花费更多时间在工作室里创作。

在这种匆匆忙忙的氛围中，有更多的人在这里进进出出。借此机会，我也偶尔会观察一下“特别喜欢久君的人”和“久君特别喜欢的人”。

我希望这样的人一直不要出现，但是现实不是这样。

就是在这个时候，我遇到了非常喜欢久君的人。

在放学的路上，我给久君打电话，说顺路到他的画室看看。到了他的画室，我发现有一个女生正在帮忙用铁丝把久君的作品连接在一起。当然我不会因为这种事而吃醋。对于久君而言，经常会有这样的学妹或学弟络绎不绝地来帮忙。久君滴酒不沾，也不喜欢和许多人在一起吃饭，所以我感觉大家帮完忙后也不会轻松地出去聚餐。我完全没有必要吃醋。如果和他们这些大人出去喝酒，我也会觉得非常头疼。

但是，我感觉那个女生略有不同。可以说她是自信满满、大大方方。她在屋子的一角盈盈微笑，像抱着婴儿一般抱着久君创作的金属板，她似乎在用这个世界上最柔软的线温柔地将它们连接在一起。这种清新的感觉让人备感惬意。

啊，她就是那个人吧，我想。

她皮肤白皙、头发微短、睫毛修长，给人一种宁静、洁净的感觉。衣着稍有和风，打理得很整洁，没有一个褶皱。脚上还穿着一双保养优良、颜色美丽的靴子。

“你好。”

我跟她搭话。

“你好。”

虽然她给了我应答，但是当她看我的时候，我还是能很明显地感受到她内心的少许悲伤。

是啊，久君自身的情况已经很复杂，现在情敌中又多了中学生，事态变得愈发麻烦呢。想到这里，我不禁对她产生了内疚之情。即便久君一直将这个女生作为憧憬的对象，但是由于我处于优势的地位，所以并不需要内疚。另外，我觉得久君并未一直将这个女生作为憧憬的对象。久君如果真的喜欢，肯定会抛开我直接投向对方怀抱的。所以我认为，她坐在那里帮忙只是一厢情愿的单相思而已。

不过，那个女生就像身处灶状小屋[1]一般，她那热忱的帮忙方

---

① 日本秋田县在元宵节举行的儿童庆祝活动。在用雪制成的小屋内祭祀水神，儿童们用简单的饮料、食物招待小伙伴。

式也确实具有观看价值。我就像在看袋鼠母子一般，心情瞬间变好。像她那样认认真真地帮忙，估计作品也会感到很开心吧。

在我迄今为止所看到的作品中，还没见过占据一面墙壁、边缘快要触到天花板的巨幅作品。无论久君多么努力创作，都不可能独自一人完成它。所以，正是由于有她这样的人才能完成。想到这里，我不禁有些感动。

久君并不仅仅是因为自身具有魅力，而是因为大家的存在，因为我的存在，他吸收了所有人的不同部分，才更具有魅力……我想，人也正是像这样吸收了别人的不同部分才成为人吧。

不知为何，我觉得这个女生和我有相同的气息：不擅长把一些东西强加给别人。我并不是那种不能自由行事就会心烦意乱的人。我不是因为有所求才和久君在一起，我是自己想和他在一起才接近他。不过，我觉得自己不得不放弃，因为我明白分别或许在所难免。

我时常会想：嗯，这样下去，一切都会发生改变吧。而且，这样的心情不能和某种现实的东西联系起来，比如结婚，或是其他什么东西。就如同树木的果实落地一般，终结的一天必会到来。无论多么美好的东西最终总会发生改变。但是，这种改变会以怎样的方式、在何时发生呢，谁也无法预知。

我倒了红茶。这个画室的天花板很高，而煤油火炉并不怎么暖和，我们三个人就坐在地板上，吃着香甜的曲奇饼干。因为没有牛奶，我们只能喝加了砂糖的红茶。也没有什么特别的话要说，三个人就那么普通地坐着。

然而，“请问久仓君在吗?”

当我看到这个来到画室的女生时，根本说不出什么漂亮话。我只是在想：

输定了！我根本比不过她。

我觉得，算了吧，还是放弃吧。因为我知道再怎么经营自己，也不可能变成她那样的人。出生以来我第一次对自己感到悲哀。

她就像珍珠一样熠熠闪光。皮肤的色泽柔美，嘴角边挂着甜甜的微笑，总之她就是很可爱。眼睛大大的，似乎什么事都不去隐藏，其中还经常折射出深邃的光芒。另外，她的衣服是由茶色、橘色和黄色复杂地混合在一起的略显奇异的搭配。她给人的整体印象，不可思议地可以用“活泼”一词清楚地总结。她的魅力之源到底在哪里呢？她胸前闪闪烁烁的光芒将周围包裹了起来。

嗯，没错。这个人就是久君最喜欢的人，我这样想道。她真是个漂亮的人啊，真是个熠熠夺目的人啊。

“如果他不在也不要紧，我只想知道他的个人展什么时候举行。”

她说道。

“哦，我做过记录。”

我回复道。

于是我拿出笔记本，寻找过去做过的笔记。这时她说：

“你是久君的女朋友？”

“不，我还远远没有达到那样的地位。还差得很远很远。”

我不可思议地用一种卑屈的口吻回答道。

她咯咯地笑了，露出了口中的银牙。然后又说：

“我呢，过去和久君稍稍交往过一段时间。”

“啊，果然……”

我的脸庞变得阴沉，而她又笑了笑。

“你不用这么明显地摆出一副阴沉的表情，不要紧啦，现在我另有恋人了。至于为什么会分手，是因为我的占有欲太强，一想到那个三保小姐的存在会一生萦绕在我的脑际，我就不禁会打破醋坛子。”

“一生？为什么呢？真的会这样吗？”

我问道。

“嗯，反正我做好了思想准备。因为我无法再忍受去应对那个女人，所以我立马逃了出来。”

她说道。

“那个看上去如此成熟的人，却有这样的潜在力量？”

对于这一点，我至今还没有思考过，所以我的心情第一次有些沉重。

“是的是的，感觉她确实具有潜在的力量。她竟然有那样的想法。不过，男人都是傻瓜，肯定难以拒绝。人的内心所做的决定都很随意啊。”

她说道。

“不过，我并不是这样的，我认为还有其他东西会让人觉得幸福。不过这种事我也很不擅长。那个时候，我觉得久君并没有那么喜欢我。但是，我毕竟还是大学生，还有其他许许多多的事可以去享受，没有必要深陷在恋爱中。”

“与一个人认真地来往，真的好麻烦啊。”

我说道。我总是以自我为中心，觉得只要能实现自己的理想就可以了。在这种意义上，我和三保小姐没有什么不同。

“是啊，他还特别温柔体贴。”

她说道。

“也太奇怪了。说起来，这条长围巾，还是久君买给我的呢。是山羊绒材质的高级品呦。”

说后，她舞动了一下围在脖子上的长围巾。

“是嘛。”

“另外呢，他明明去和三保小姐见面了，却骗我说有其他事。可能是他觉得自己做了错事，所以才给我买了一条围巾吧。”

“总觉得都是些成人男女间的纠葛。”

“他至今都不知道自己已经被看穿了，所以请不要告诉他！他那么心急地在第二天就送给我围巾，肯定会引起我的怀疑。这个人，就是在这方面容易被看穿啊。”

起初我以为这个人是为了凸显我和她的差距，才说了这些自鸣得意的话，但是当我仔细观察过她之后，发现并不是这样的。她只是快乐地讲述着，而且这种快乐的光辉未曾发生过改变。她那如同山上清新的空气一般的语调没有发生过任何变化。这个人确实非常满足于自己现在的生活啊，我想。

“那个孩子呀就是这样，一旦对方心情不好，他就会买东西送给对方。他就是个天真单纯的好人。他的精神年龄估计也就十四岁左右。所以你要自信点哟。”

她笑了笑。

“对于久君呢，我现在只是特别喜欢他的作品而已，不再过多地纠结什么。我不希望他仅仅在三保小姐那里得到稳定的恋爱关系。对不起，我的心思有些邪恶，不过呢……”

她稍稍摆出一副认真的表情说道。

“那个人啊，将我所珍视的小巧闪光的东西都抛到了地上，这样可不行啊，所有的东西都变得没有价值了。对于这种情况，我肯定会在什么时候忍受不了而败下阵来。或许世人都是这样的吧，但是我却想找寻与之不同的情况，即便我只能生活在社会的边缘地带。我已经这么决定了。”

之后，她又呵呵地笑了笑。粉色的脸蛋似乎要胀破了。

“那么再见了，我要走了。久君就拜托你了。”

然后，她敏捷地离开椅子，向门口走去。她一直看着前方，虽然她一直身处于现在，但是仍然凝视着未来。这双眼睛像钻石一般在各个角度折射出光芒。

我真希望她能再一次露出那样的表情……我这样想。我也希望能和她再见一次面。希望她能让我看到各种各样的变化：意外的表情、意外的举止以及每次都不同的熠熠生辉的感觉。

“那个……”

我叫住了她。

“能告诉我你的名字吗？我叫夕子。”

“哦，我居然忘了自报姓名了。”

她笑了笑。

“我叫穗积。再见了！”

穗积小姐……我觉得，无论好坏，我都不会忘记她的，就像久君不能忘记她一样。她的名字如同咒语一般，用闪光的文字镌刻在我的心中。我比不过她……不过每当这样回想，我都不会感到悲伤。因为久君或许会渐渐地走进我的世界吧，而诸如这样的事，不过是平凡道路中的一步而已。平凡的前方到底有什么呢，我还并不清楚，也无法想像。

刚才有个叫穗积的女孩来过，当我这样说后，久君只是点点头，说了一声“嗯”。没有别的解释，没有不好意思，只是一句让人感觉舒服的“嗯”。

我问：“久君，那个女孩是你真心喜欢的人吧？”

“是的。”

久君回复道，

“除她之外，我没有和其他人恋爱过。”

令人惊奇的是，我的内心并没有感到痛楚，而只是涌现出浓厚的兴趣。

当久君在画室里做各种事的时候，为了不给他添麻烦，我都保持沉默。之后在回家的路上，我们顺路去星巴克喝了热的肉桂红茶……我的是470毫升的，他的是350毫升的……这已经渐渐成了我们俩的习惯。此时我也感觉到我们在这种细微的地方慢慢地创造着属于我们的历史。

“470毫升够吗?”“嗯。”“还要曲奇饼干吗?”“要的。”“每次吃的那种?”“今天我请客。”“没事，都是些小东西。”

没有什么比这样的对话更让人开心的了。

凛冽的寒风拂掠过街道，路上的行人们由于寒冷倏地缩紧了肩膀。坐在温暖的店中，我一边望着这一切，一边吃着我买的坚果和白巧克力的曲奇饼干。在店里客人的嘈杂声中，我突然尝试着问道：

“你不想回答也不要紧……那个，你和那些女人发生过肉体关系吗?”

久君“噗嗤”一声笑了出来：

“这是什么问题啊，你大致是站在什么立场上来问这个问题的?”

“什么立场都不站，只是以我，饭塚夕子的身份，来问这个问题。”

我尽量装作大大方方的样子说道。

"和她们都发生过关系。"

久君明确地回复。

"果然。"

我说道。

"当然，现在已经没有和穗积保持那种关系了。这些都是过去的事了。感觉它是一段非常遥远的记忆了。"

可能是久君有些羞愧吧，他一边回答一边晃了晃杯子。

"那么，现在还和三保小姐保持着那种关系？和我这个可能喜欢久君的人见面合适吗？呃，这是以候选女友的身份问的问题。"

我说道。

"因为我觉得我以我自己的方式喜欢着久君。"

久君像往常一样认真地思索后作出回答。他在向谁认真思考呢，估计是他自己吧。

"严格说来，现在没有保持那种关系了。过去也不是经常发生关系。不过，三保的精神非常坚定，无论什么时候都等着我，喜欢着我。还让我一定要和她发生关系。作为气血方刚的年轻男子，我根本无法拒绝。"

“这种类型的女孩我还不了解，虽然遗憾，但是应该可以推测她的心理。”

“没必要推测。早晚有一天你会知道，即便对方不是我也没关系。如果可能，你只要知道好的方面就行了。”

“你这种措辞让我感觉又多了一个爸爸似的，让人反感。”

“我不仅仅是你的朋友，还是你的保护人。”

“好吧好吧，那还有什么呢?”

“就这些。其实，这些事我也并不怎么真心喜欢。不过，我几乎已经摆脱了这些烦心事，当时实在是想从这种恶性循环里解脱出来。我也不讨厌。那样被她喜欢着，我觉得在她家留宿就像送给她一份精美的礼物似的。这样的自己非常糟糕，这些也不是我的真实情感。可是，觉得她确实很可爱，不免又内心激荡，心情也随之安定下来。我觉得我们可能就这样一直待在一起，并且，三保不是勉强喜欢我，那就是她的真实情感。她还不断地支持着我。如果我们没有那种关系，我觉得她或许能更加安心地帮助我吧，因为她拥有冷静地帮助别人的能力。现在我们既不亲昵，也不疏远。这一点或许很值得尊敬吧。”

久君说道。

“我没有利用她，这是我自己的问题……我感觉陶醉于她的世界的自己不再像自己了，这种感觉很难受。怎么说才好呢……我觉得当自己心中的某处变得怠惰的时候，一切都将无法挽回。原本我就讨厌那种无论对什么事都抱有‘一直这样下去就好了’的情绪，此外更加令我讨厌的是那种特别的滞重感觉。我明明是一个懒惰的人，却要努力做出各种各样的尝试。那个女人的力量，某种让我这样懒惰的人消极地陷入其中的力量，或许能够支持别人、让别人感到快乐并让别人充满斗志吧，可是，对我却起不了什么作用。我想即便我的双亲去世我没有容身之所，孤单得不如去死，也不会走进她的世界吧。怎么说才好呢……我讨厌这种类似‘保险’的感觉，把它说出口时觉得自己就是个大傻瓜。”

久君沉吟片刻。

“她就是你的保险啊。为了不让自己感到孤独？”

我询问。久君回答道：

“不，不是这样的。其实，是为了不陷入混沌不清的孤独中，为了将邋遢散漫的自己正当化而已。人生或许就是这样，或许这样的状态就最好吧。无论是谁，尤其是男人们，在这种想像中的荒凉世界里，都会心情愉悦而不想离开吧。但是我却绝对不想置身在这种世界里。可能你觉得我有些孩子气。另外，我希望在那样的情绪里，在可以肆意玩乐的闲暇中，尽量多地创作一些东西……这样听上去似乎感觉很帅，其实并不是这样的。因为我的作品花费了大量的物理时间，所以我不禁叹惜人生的短暂。”

“也就是说，并不是作为象征，那么就三保小姐个人而言，有没有令你讨厌的地方呢?”

我说道。

之后，久君果断地作了回答。这种果断让人心情舒畅。

“没有令我讨厌的地方。三保没什么错。她只是在喜爱自己喜欢的东西，努力接近自己喜欢的东西而已。或许这就是问题所在吧。她晾晒衣服的方式、选择家具的方式、打扫房间的方式、一时兴起开始做饭以及出人意料地变得冷淡，我都不讨厌。可以说，一点都不讨厌。正因为如此……我倾注精力、耗费体力去创作，真是消耗了大量心血，有时候心情烦闷，匆匆忙忙地和她发生关系。这种可以让我的精神得到放松的肉体关系，以及扭扭捏捏地赖在别人的家里并渴望得到别人理解的每一天，总让我觉得非常凄惨。这和孩子向父母撒娇没什么区别。对于这种完全没有切断自己和孩童时代联系的人生，我是特别厌恶的。我觉得这都是我自身的问题，三保没有什么过错。另外，人是很脆弱的，非常需要这样的伴侣。不过，我对于在此基础上形成的社会是非常非常讨厌的。于是我只能无奈地堕落了。”

“原来是这样啊……不过，我还是没办法全部弄清楚。我也没办法实实在在地体会到你的感受。”

我说道。我还没有和别人保持过这种暧昧而亲密的关系。

“不过，如果这算是一种快乐、一种休闲的话，我确实安宁地沉浸在她的世界中过。”

我继续说道。有少许的失望，但又无可奈何。

“嗯，这不是不可能。可是，在我听到这些的一瞬间，一点都没有感到快乐，也没感到放松。所以，或许，这是不可能的吧。”

久君又说：

“遇到夕子酱后，这种问题的滞重感开始从我的体内消散。我真的非常感谢你。不过，我也奇怪为什么会把这些事都告诉你。”

我沉默不语，只是想着：久君在心中能这么周密地对待自己的感情，可真好。在和许多人交往的时候，在挑选袜子、裤子、皮包和牙刷之类的时候，这种周密会让人变得苦恼吧。这也仅仅是初恋才会允许的小可爱吧。不过我和久君的立场完全不同。他对很多事已经疲倦，而我却是个新手，所以我觉得除了那些事，他也没什么可以告诉我的了。

我觉得久君的个人展非常成功。久君将各式各样的碎片连接在一起，并涂上色彩，创造出极具宗教风格的挂毯，挂满了整个墙壁，看上去就像遥远国度的特产店里的墙壁一般，从很早以前就装饰了许多挂毯。

位于代官山①的精致而高雅的画廊里，汇聚了众多参观者，另外还有大量的媒体记者到场采访。

他的作品就像被施了魔法一般瞬间销售一空。本来我还想，如

① 代官山，日本地名，与惠比寿相邻，位于东京都涩谷区，属于东京中高阶层的住宅区。

果那幅比较便宜的小型作品没有卖出，就和妈妈商量商量把它买下来，结果，不一会儿它就被贴上了红色的圆形售出标记。

真厉害……直到昨天还能慢慢欣赏的作品，现在却去了远方，去了具有价值的世界。这种变化就在我的眼前倏地发生，让我惊诧不已。

我知道画廊里的女孩们很喜欢久君的作品，并没有生气，只是觉得销售的速度惊人，让人目瞪口呆。当我妈妈来到这里想瞧一瞧的时候，却发现一切都像遭受狂风暴雨肆虐一般，什么都没有留下。

妈妈缓缓地宛如女学生一般踩着轻盈的步伐，来回观赏久君的作品。妈妈没有看一眼久君、饮料和来往的人群，而是径直向作品走去。

“妈妈，这就是久君创作的作品。”

我说后，妈妈低声回复道：

“他确实是一个很认真的人啊。”

许多人并没有仔细地欣赏作品，而是不一会就向充满了饮料、菜肴、吐司、三明治和闲聊的世界走去，对此我十分惊讶。

作为主角的久君，却表现得非常平易大方、细心周到。这与我喜欢的那个绘画教室里的久君迥然不同。

让我备感自豪的是，妈妈看过几遍作品后，露出一副了然于心的表情，稍事休息，咕咚咕咚地喝起画廊工作人员给的乌龙茶。妈妈一直保持安静，一言不发，也不向谁打招呼，只是观赏着作品、喝着茶。这种优雅的感觉，又让我回到了心神不宁、烦躁不安的原始状态中。但是，我就是这个妈妈的孩子，所以我要自信些，只要按照自己的想法去做就好。

“我之前怀疑你的眼光，可真对不起啊。过去我觉得久君不过是个大少爷而已，现在发现他并不是。夕子为什么会喜欢他，我有些理解了。他的痛楚、他的孤单，他希望成为怎样的人，他在向怎样的目标奋进，现在我是理解了。”

妈妈说道。

“我，我之前也没有想到妈妈是这么优秀的人。”

我说后，妈妈略显愠色。

“对不起，我的表达有些错误。”

“不要紧，你想要表达的意思我已经理解了。”

妈妈笑了笑，又说道：

“我呢，一直以来，大概是从很小的时候开始，就很不适应这种人多的环境。”

久君依然像身处云端一般被人们的吵闹声包围着。今天的久君无法一个人完成所有的事，而三保小姐就像他的妻子似的，在他身边默默地协助着他。或是劝别人多喝饮品，或是被问及价格时查阅价目表，既不张扬，也不退缩，干事麻利快捷，明明很年轻，却给人一种老手的感觉。我觉得这非常无趣。这种无趣并不仅仅代表着吃醋，也意味着来自青春的残酷。我不希望在久君的身边有这种无趣感，不知道为什么，我只是想着这些现实的东西。即便他的身边确实需要这样的人，我也不希望是三保小姐。如果是一个更加果断、更加利落的人，或许更好吧。我觉得，可能这就是吃醋吧。即便他很中意三保小姐这种类型的女孩，但是我觉得应该还有更加优秀的女孩。

从我现在的立场而言，虽然可以无所顾虑地随意思索，但这种想法还是显得过于傲慢。即便如此，我隐隐约约地觉得自己的想法是符合事实的。

尽管我什么都做不了，什么东西都没有，但是我还是不禁这样想。

带着对这种糟糕的自己的落寞感，我跟着妈妈回家了。

久君并没有给我送来社交层面上的微笑，只是摆了一个“今晚给你打电话”的姿势。

这样我又可以静候在夜色茫茫的窗边了。等他的电话打来后，我不惧寒冷打开窗户，呼吸着外面的空气。夜色中可以瞭望到点点星辰。我想正因为我们愈发喜欢我们身边的事物，才会愈发努力地思考远方的东西吧。

说起远方……有时，不，是我时常想起我的爸爸。

那是一个想像无法企及的远方。明明遥不可及，却深深地眷恋着，到底怎么做才好呢，我也不知道。或许就是存在着这种由于过分喜欢而使人阴郁的凝重吧。

爸爸打来电话时，我也会像久君打来电话时一样打开窗户。

想起这样的时刻特别珍贵，我就心生厌烦。在房子里和爸爸不慌不忙地聊天后，一挂断电话，就感到沉沉的孤独感。

爸爸经常给我打电话，“我买到了可爱的古典式玻璃珠”，或是“我买到了镶嵌有精美珍珠的戒指，一直为夕子保留着了”。

“作为职业商人，这样的做法是失职的。职业商人在走进商店之前，必须抑制为自己挑选商品的冲动。但是，一想到你们母女俩，我就不知不觉这么做了。”

爸爸曾经多次这样说。

“离开家之后，在我的心中，妈妈和夕子的形象比真人更加美好，就如同星星在远处闪闪发光一样，我想把脸转向那个方向静静凝望。”

当然，我觉得爸爸没有在那里发生婚外情而希望和妈妈离婚，重新组建家庭。我认为他会回来的。这一点我非常清楚。

但是，爸爸从我们的日常生活中消失身影后所产生的影响，肯定比他想像的还要大。我所生长的家庭里，在家人一起生活这一点上，与其他家庭相比再平凡不过了。父母工作的地点在同一个地区，家庭三个人总是待在这附近。可是，就这样发生了根本性的变化，对于惯于撒娇的我的人生而言，简直难以想像。

所以，那种家庭早晚会分崩离析的不安像可怕的预感一般，无法从我的脑海中消散。

爸爸不在家这件事，让人觉得就像不现实的噩梦一样，但是与之正相反，我日渐真切地感觉到，妈妈对爸爸的关注也在慢慢变得稀薄，而且这种变化还在加速。

比如，最近妈妈不再戴眼镜了，换成了隐形眼镜。据她说，因为在车站前有人分发便宜的一次性隐形眼镜的宣传单，所以没多想就去眼科看了看，结果效果意外得好。

“我想存钱做视力恢复手术。昨天来店里的美国朋友说，最近做了视力恢复手术，效果非常好。我很是羡慕，想着先暂且试用隐形眼镜看看效果。”

而且，有一天我回到家，突然发现妈妈烫了很有女人味的发型。妈妈说，在她工作的书店里，有一些推荐自然生活的书籍，虽然不是全部赞成，但是突然间就是想要尝试这样的发型。

这种行为对于妈妈而言是非常罕见的。因为会产生许多垃圾，所以她很少在超市购买肉制品，就是这样的一个人，居然做出这么不顺应自然的事，太令人惊诧了。

“只改变了头发而已，而且机会难得。现在，在我的朋友中很流行改变自己的形象。”

果然还是没办法讨厌化妆啊，妈妈这样说道。妈妈装扮靓丽，那件经常穿的蓝色羊毛开衫，亮丽得就像变了一件衣服似的。另外，她的姿态也变得更加优雅。脖颈直挺，双眼坚定地望着前方。

“你是希望爸爸回来之后，发出‘真是变漂亮了’的惊叹吧？”

我试着问道。丈夫没有回来，而自己却这么执着地要变漂亮，如果是为了对其他男人展示晚开之花绽放的姿容那就糟了，我这样想道。

“呃……”

妈妈非常明确地回复道。

“这只是为了我自己，为了让我自己感到快乐。并不是因为对男人有什么兴趣，另外，现在我对你爸爸的兴趣也渐渐淡了。因为他现在都不在我眼前。”

我多多少少受到了一些打击，因为我清楚妈妈没有说谎。

“不过，我只是在久久地享受形象改变所带来的快乐而已。”

妈妈笑了笑。

能够这么容易就改变自己的形象，可真了不起，她竟然毫不留恋这么多年保持的外在形象，我这样想道。通过这件事，我又了解了妈妈新的一面。

给爸爸打电话他不在，或是爸爸打来电话我不在，是常有的事。但是，在深夜电话里，我却能清楚地听到爸爸妈妈的交谈。

提到“夕子升到哪个学校才好呢”之类的关于我的话题，以及店里的资金问题的时候，我觉得还是他们两个人商量为好，我不会强出头，只是装出一副毫不知情的样子。

有时即便我不想去听，但是妈妈的声音很大，我还是听到了他们的谈话。最近的某个夜晚，走廊里传来妈妈生气的声音：

“可是，你现在并不在家里。我不是一个幻想家，不在眼前的人渐渐地就忘记了。我也没有特意努力不去忘记，关于你的存在，我只是自然而然地忘记了。”

听到这些，我大吃一惊。如果电话再打得长一些，谈论得再深入一些，那么该怎么收场呢。可惜我什么都做不了。

之后，妈妈继续发生着各种变化。某天晚上当我回到家的时候，发现房前停了一辆很不错的自行车。它不是一辆简易轻便的自行车，感觉车架沉重庞大，是辆结实的好车。

“妈妈，那辆自行车是怎么回事？”

妈妈反常地用大分贝声音听着尼尔·杨[1]的音乐，当我进入家门询问她后，她调小了声音，并自豪地咯咯笑了笑。大概，只有单身的人才会用她那种方式听音乐吧。然后，她又摆出一副“咦？我没有听到啊”的表情，那张脸显得非常幼稚。之后，她说：

“你也很惊喜吧？在那个女子大学附近，不是有一家超棒的自行车店嘛，那里的店主叔叔对组装自行车很热忱，上个月我试着跟他搭过话。在交谈的过程中不知道为什么，我特别想买自行车，就预订了一辆。今天，自行车就送到了。车很漂亮，我感觉自己就像在做梦似的。车架全是红色的，骑起来很快。”

从那天起，妈妈就沉醉于自己的自行车中，她每天都要用布擦拭它，还给它除锈，注润滑油，看上去真是乐享其中。她总是骑着

---

① 尼尔·杨（1945 年 11 月 12 日—　），出生于加拿大多伦多安大略省，创作型摇滚歌手、吉他手、钢琴家及导演。

这辆自行车四处跑。

在我的印象中，妈妈基本上总是步行外出，并且戴着红框的眼镜。

她步行的速度以及她用手指推眼镜的动作，都深深地镌刻在我的心中，所以在目睹她的这些变化时，我不禁目瞪口呆。

我感觉妈妈慢慢地撕掉了自己身边那种类似于透明薄膜的东西。她也剔除了自己与生机勃勃的世界之间的阻隔物，让自己更加洒脱地面向世界。

正因为如此，围绕在妈妈身边的那种人妻气息……她的散漫和粗枝大叶与家中的氛围并没有什么不协调，轮廓模糊的存在变得愈发浓重，妈妈似乎回到了我所不知道的那个单身时代，一个自己什么都能够做，抽象的、梦境般的单身女性时代。这当然非常棒，但是我的内心却产生了一种不好的预感。

啊，肯定爸爸对妈妈的关注也渐渐消散了吧。爸爸只能靠自己的双手叠衣服。爸爸也只能使用自己的盘子、肉类和想法去做饭，无法再依靠妈妈了。这些事情不断地积累，我想那种将他们两个人融合为一体的感觉就会消失吧。

正因为我爱着爸爸，所以才会消融于朦朦胧胧的悲伤之雾中。渐渐地、渐渐地变得模糊，再怎么绞尽脑汁也记不清。爸爸的脸庞不再清晰，甚至连他的气味我都记不起来了。家中爸爸房间的门一直关着，只有那里的阴影变得浓稠。

已经不会再打开了吗？生机勃勃的爸爸透过门发出的响动已经不会再有了吗？只有一片昏暗在窃窃私语。

爸爸不在家也导致了一些现实快乐的缺失：驾车、出外就餐、制作架子，或是整整齐齐地收集包装箱，或是让人送来杂志上看到的日式牛肉火锅，与这些事的关联已经变得愈发淡薄。如果爸爸没有鼓动，我们家是绝对不会采取行动的。

在我家走廊一处非常高的位置有一盏电灯，某天晚上，灯泡坏了。

深夜一点钟，当我走入浴室后，走廊突然变得漆黑一片。

从浴室出来后，我打算把灯泡坏了的事告诉妈妈，于是穿着睡衣向她的卧室走去，妈妈似乎也注意到灯泡坏了，她从卧室走出来，我们就在黑黢黢的走廊相遇了。

那一天恰巧天气阴沉，或许是因为气压较低，或许是因为我们两个人的心情特别消沉吧……当我们遇到对方的时候，同时想起了爸爸的爽朗和坚强，想起了他最好的一面，于是我们不知所以地变得悲伤和空虚。

要是爸爸在家，如果灯泡坏了，他肯定会说："家里还有多余的灯泡吗？如果没有我就去便利店买了。你们还需要其他什么东西吗？需要冰淇淋吗？"说完，他会精神饱满地骑着摩托车驶向便利店，买完东西立马回来。

然后支起架梯，毫不犹豫地迅速换好电灯泡。

明亮的电灯泡照亮爸爸脸庞的那一瞬间……让我们感觉到，爸爸那种让人满意的可靠感一直包裹着我们家。爸爸的脸上没有丝毫的迷惘，只有自豪，他深深地爱着我们，并因为能为我们服务而感到喜悦。

那个时候，爸爸的步伐轻巧、肩膀宽大，虽然这不是他的全部优点，但我依然视为珍宝。我觉得他值得永远依靠下去。

爸爸，谢谢了，我和妈妈异口同声地说，然后我们在深夜的厨房里吃起冰淇淋来。这种常有的撒娇、我和妈妈互相交换一口冰淇淋的繁琐的仪式、爸爸不参与其中而只是喝着啤酒等各种随意美好的场景，让今晚的我们遽然泪下。即便再怎么回忆也无法看到那样的场景了。

我和妈妈呜咽不止、泣不成声。我们互相说对方像傻瓜似的，然后又接着哭泣。我们多么希望爸爸就在我们身边啊。我觉得那样美好的日子再也回不去了，而现在生活中的孤独感蓦地压在了我们身上。

“哎，哭也没用。我们还是一起去买电灯泡吧。”

妈妈说道，

“就这么睡下，我应该睡不着。”

“但是，现在是半夜啊，我们还是明天再去吧，天亮的时候心情也不一样。”

我回答。我为自己的这种无聊的想法感到羞愧。

听到我的回答后，妈妈露出一副非常无趣和伤心的表情，就像小女孩的表情一样。之后，妈妈像孩子一样敏感地注意到，我改变了想法：

“不过，我们还是一起去吧，走路两分钟就能到便利店，应该不会有什么危险。”

对于我急速地改变了自己的心意，妈妈大吃一惊：

“你的这些变化是因为久君吧。”

她说道。

“最近，感觉夕子似乎回到了小时候，那个时候和你在一起让人觉得很安心。”

或许是这样的吧。比起往常，此时的我能更加深刻地感受到这一点。

“嗯，这让我很开心。我之前做好了心理准备，觉得你有了喜欢的男孩，就会慢慢地远离我。但是事实不是这样的，你似乎渐渐回到了婴儿时代。”

妈妈说道。

“你还是婴儿的时候，我从你身上有了一些新发现，我发现自己变得越来越固执死板。在抚养你的过程中，我和你一样变得越来越自由。现在就和那个时候一样。”

是吗？我喜欢上久君后能够使家庭的氛围发生改变，而且能够让妈妈受到影响也发生改变。她并没有因为爸爸的离去自暴自弃，而是发生了积极的变化。知道这些后，我不禁舒了一口气。之前我都不知道这些变化竟然与我有关。妈妈并没有回到过去，她只是渐渐地变成了一个崭新的自己，一个更加接近本质的自己。

这样思索着，刚才还挂在脸上的泪珠，现在已经消失。

今天的我，还是回到今天吧。今天，我可以从悲伤的回忆中解放出来，去创造新的回忆。

因为天气寒冷，所以我们穿了风衣，戴了围巾和手套，在深夜的路上步行。这样的回忆只会留下一段喜悦，而不是一场痛苦吧……我这样想道。星星发出细微的光芒，我们呼出的气都是白色的，店员似乎在打瞌睡。感觉没有什么大不了的，整个过程毫无危险，不过是一次不涉险的普通购物而已。便利店里灯火通明，我们买了杂志、冰淇淋和电灯泡后回了家，我支起了架梯，迅速地将新电灯泡递给妈妈，协助她换好。当电灯再次发亮后，我和妈妈吃起冰淇淋，我们还互相交换了一口自己的冰淇淋，此时我们俩相互坦承道：爸爸不在家的时候，遇到这种情况真让人觉得孤立无援啊。最终，我们给爸爸打了电话。

“刚才走廊的灯泡坏了，我们两个都感到很无助啊。”

能够这样直言心声，妈妈可真了不起。

由于时差，爸爸正处于白昼的世界里，我们的感受很难清楚地传达给他吧。他只是回复道：你们在说些什么啊，等我回来以后，随时可以换灯泡，你们别管它就是了。

幸亏爸爸的冷静答复，我和妈妈才能从刚才那种如获至宝般的孤立无助中安下心来。

但是，在那个瞬间，我和妈妈确实这样想过：爸爸已经不会回来了，我们再也不能像从前一样依靠他给我们买来电灯泡了。

那时的悲伤所带来的瞬间的深郁……这或许就是家庭的意义吧，虽然不是什么重要的意义。

虽说给他打了电话，但是我们心中的不安并没有得到消解。

一切都结束后，我和妈妈已经疲惫不堪，我们回到各自的屋子里，像泥巴一样瘫软在床上立马坠入梦乡。这样也不错，如果很疲乏却睡不着，那么肯定会有很多事席卷而来，让我们再次嚎啕大哭吧。

个人展结束后，久君的生活再次变得悠闲轻松。我和他又开始了久违的约会，地点在稍远的繁华闹市区。

临近圣诞节，所有的树木上都装饰着彩灯，商店的橱窗上贴满了圣诞老人、圣诞树和柊树叶[①]的装饰，熠熠闪光，看上去朦朦胧胧的，就像覆盖着轻飘飘的冬季云朵的天空一般。我们如同身处温暖的圆顶雪屋一样，备感幸福。虽然感伤浓烈，却依然能体会到幸福，我想这就是这个国家的湿润冬季的一个优点吧。

我们走进了一家久君喜欢的那种昏暗的小咖啡馆。一边交谈着，一边悠然地饮啜着久违的咖啡。

“个人展，原来就是那么回事啊。在那里，能够不断地卖出作品。我原本以为卖作品，不过是之后像商业谈判一样偷偷进行的，而且，大家都是在看了几遍之后，才不慌不忙地做决定。可是，那天进入画廊后，发现所有的作品都贴了出售封条，表示都已卖出，我还是大吃一惊。感觉大家都静静地等候着，只要看上一眼立马就抢购下来。”

---

① 柊树：木樨科常绿小乔木。叶和果实用作圣诞节装饰。

我说道。在橙色的灯光下，再次相聚的久君有些消瘦，显得颇为性感。

“开幕式后的第二天，当其他普通观众来参观的时候，是不是已经没有什么作品了呢？”

“不是那样的。因为我去了会场很多遍，问了问其他人的意见，平时也能和他们取得联系，所以和那种只在个人展上卖作品的方式不同。”

久君这么回答道，总让人觉得是词不达意的借口而已。

“不过，我总是想，不管怎么样，自己的作品还算畅销，这很让人高兴，我也很感谢他们。可是，大家都是蜂拥而至，然后草草一看，就快速浏览价目表，迅速买下。没办法，这就是这行的惯例。让人觉得就像买股票似的……不过我也不懂股票，应该还是有区别的吧。感觉大家都想着先抢到手再说。我的作品被认为将来大有价值，本来是一件值得欢喜的事，不过我知道这只是溢美之词而已。最先来的都是熟人和朋友，真正想来欣赏作品的到底有多少人呢，一旦这样反常地深思下去，我的精神就会变得萎靡不振。大家很快就去吃吃喝喝了，没人再看作品了。”

“嗯，我也稍稍这么想过。”

我说后，久君继续说道：

“我很不习惯那样的情况……对于我而言，绘画就是要一个人在喜欢的时候，用喜欢的方式去欣赏，就像我去阿姆斯特丹的时候，四天去看了五回凡·高的作品一样。那个时候，我不想喝任何东西，即便吃东西，也会觉得味同嚼蜡。与其说这是感动，不如说对于饮料和食物的渴望瞬间溶解在那种个人的、无声的心境中。与凡·高相比，我的傲慢就如同一个傻瓜。所以，我并不希望让大家感动，也不希望大家像我一样。只希望大家能安安静静地观赏，然后悄悄地离开。要让我习惯那种情况很难受……不过，我似乎也产生了一种令人讨厌的感觉：‘就这样把作品卖掉，然后安安稳稳地过日子’，并且尽可能地不再忧虑。”

久君说道。

“两年前我开始教孩子画画，从那之后，那些背对着我的作品滔滔不绝的人，以及不欣赏画作只是一直站在那里的人们的姿态，就没再在我的脑海中复苏过。”

同一个教室里的那些令人怀念的孩子的脸庞以及教室里的美好

氛围，突然浮现在我的脑海中：在静谧之中一言不发，只是连续不断地涂色的小孩子的脸庞。感觉他们并不像是在学校里画画，而是沉浸在自己的世界里，可以说，这个地方才是他们最喜欢的。

"其实，我对绘画和其他作品并不了解。不过，在我家的走廊里一直挂着一幅画。那是为了庆祝妈妈的生日，爸爸在美国的乡村买的。它是一幅画着海边小屋和海鸥的小幅画作。整幅画用钢笔绘制，还使用水彩渲染了美丽的天空。我从懂事前就开始经常盯着那幅画看，现在已经对它熟视无睹了。不过，在我上小学的时候，我去滑雪摔了一跤，结果扭伤了脚，在爸爸来接我之前，我在长野县的医院里无奈地住了一晚。第一次在那个场合，脚部疼痛、心情抑郁的我，突然想到，要是那幅画在身边就好了。"

我说道。

"之后，我在网上找到了那个人的画集，就请人给我寄了过来。从那时起，我对那个人的画作产生了特殊的感情。不过这种感情的产生却花费了几乎十五年的时光。如果长时间不看那幅画，我也不知道自己是否真的喜欢它。"

"这样啊。"

久君说道，脸庞上闪烁着点点光辉。

“我的作品即便在某些人的家里落上灰，应该也有可能浸染到了某些人的内心吧，就如同一直奇怪地怀念着小时候坐的坐垫的花纹一样。所以，我并不思考自己的作品到底能达到怎样的境界，只是倾尽全力，任由它随意发展。那些吃吃喝喝、说说笑笑的人们，让他们的内心对我的作品产生一些触动，应该不是不可能的吧。无趣地做出决定，表明自己肯定出了什么问题吧。”

“请不要这么直白地说出来！神秘感会消失的。”

我半开玩笑地说。

“我可没有什么神秘感!”

久君咯咯地笑了笑。

“比如在美术大学里，和我实力相当的人还有很多很多。”

我说道：

“但是，久君只有一个啊。”

那个冬季，只有一次，我不想将太多的情绪用语言的方式表达出来。

我觉得一些东西一旦说出来，就会渐渐减损或是不断增加。而我的那些情绪正属于减损的那一类。

就这样，我们时而静默，时而闲聊，时而添茶水……最终肚子饿得咕咕直叫，我们决定回去。

在回来的路上，很意外地遇到了三保小姐。她说她去大型手工艺店买了创作用的布和纱线，现在在往回走。

“哎呀，这不是久仓君和夕子酱嘛！”

说的时候，她的脸上没有泛起一丝嫉妒之情，就像精准地做出决定一般微笑着向我们挥挥手。我觉得，她的毫不动摇就像新兴宗教的教徒给人的感觉一样。我的内心不禁产生了一丝讨厌。

是她迫使我产生了这种讨厌的心情……这或许就是这件事的特征吧。对于她的不满，通过这种毫不动摇的表现，来让我们感知到……性格不太好的我，就是这么认为的。她的表现与真正对我和久君的关系漠不关心是不同的，她的心情显得有些阴郁。想到这里我有些不悦。越是不悦，越觉得三保小姐很漂亮。

久君对于三保小姐的复杂感情，我也稍稍有些理解了。

与三保小姐聊了几句后，我们就和她分别了。随后，我们又来到大型百货商店前。商店的橱窗里有一棵巨大的圣诞树，上面装饰着金色和银色的彩蛋，闪闪发光。圣诞树的最顶端有一颗硕大的星星，另外它的根部还用丝带系了许多的礼包。

“圣诞节要买些东西送给你吧？”

久君这样对我说道。

这个时候，我的内心还残存着刚才与三保小姐相遇时的不悦，还反射性地想起穗积小姐曾经说过的话：“当久君状态不好的时候，他就会买些东西送给我。”

我任性地觉得，他要买些东西送给我的行为，或许是他令人不太喜欢的一面。我从来没有对他产生过厌烦感，可是这一次，对他的厌烦像熊熊火焰一般，突然在我大脑里蔓延开。

“为什么要这样说呢？我没有什么特别需要的。”

我说道。

“花束、糕点或是冰淇淋……会消逝的东西比较好。”

“请不要这么说。”

久君一边盯着橱窗，一边说道：

“我特别喜欢送人礼物，所以什么都想买下来送给别人。可是……我觉得你不会永远和我在一起。”

“什么？什么意思?”

我问道。

久君略显羞涩地说道：

“你可能不了解。我没有自信你能一直喜欢我，我觉得你肯定会离开我的。我想像着你会对我非常失望，然后和‘夕子的真命天子’般的男人交往，如果这样我就会很沮丧。不过，在你已经忘记我的时候，如果从你陈旧的宝物箱里，能够翻出我送给你的东西，虽然让人觉得悲伤，但是不知道为什么，我还是能感到些许的安慰。仅仅这些想法，我觉得就可以促使我创作一幅作品了。”

“笨蛋笨蛋大笨蛋！男人就是个大笨蛋！就知道自我满足、自以为是!”

我如此说道，因为过于懊恼，眼泪流了出来。我明明就没想那样做，你为什么就是不了解呢？我这样想道。

看到我潸潸泪流，久君说道：

“你、你没事吧?”

他露出一副极为惊慌的表情。

“为什么你会那样想呢?”

我生气地说道。

"呃，因为我年龄比你大，经济更宽裕一些，而且，当我觉得你不会一直跟我在一起的时候，有些气馁。"

他冷静地回答道。这样的冷静稍稍宽慰了我。穗积小姐的那些话所产生的阴影，也稍稍消散了。

"那个，关于钱的事你真是多想了。现在我明白了，久君也有和普通男人相同的一面。一般的男人都想这么说吧。这种只有在看到女孩子的时候，才会产生的本能性地装腔作势的情绪，我现在是了解了。这就正好如同我这样的女孩子即便拾起颜色美艳的落叶或是橡子①，一觉醒来就会忘得一干二净一般，这样的习惯太残酷了。不过，我希望更加严格地改变这一点。所以请你不要按通常的习惯讲话，也不要用过往的定式做事。希望你对这些定式能一直怀疑下去。好吗？我没有进入的空穴，只有我的形体才能填充，相反的情况也是一样的。"

"嗯，我知道。"

---

① 橡子：壳斗科栎属植物果实的俗称，果实多含单宁，下部有帽状壳斗。

我气势汹汹地大谈一番后，久君顺从地点点头。

但是，我总觉得久君在小的时候，肯定有什么想买的东西一直没有得到实现，所以才会想要给我买东西吧。

“不过，只要一件小东西就可以了。即便不会消失也可以，比如，一株盆栽植物。”

我感到些许的歉疚，所以挽起他的胳膊这样说道。

“嗯，我会好好想想的。我感觉我刚才问了一件很重要的事。”

久君说。

“我会想出一个全新的、令人快乐的好东西。”

说后，久君脸上浮现出某种崭新的表情，这都是我引起的，想到这里，我不禁感到喜悦。我的那种厌烦的小情绪也随之飘散而去。虽然受别人影响没什么大不了，但是人啊，毕竟还是会受到他人的诸多影响。

我们两个人把刚才吵架的事彻底忘记了。由于天气寒冷，我们又走进一家咖啡馆。这是一家宁静、昏暗、咖啡苦涩的咖啡馆。我觉得我和他的年龄差距在不断缩小。

久君一边喝着咖啡，一边说道：

“对了。反正下周要回老家见母亲，现在就去把土特产买了吧。”

因为久君的话题突然转到日常的事上，所以我备感奇怪，“噗嗤”一声笑了出来：

“那可是土特产呦，与圣诞节可没有关系啊！”

“女人果然贪得无厌。”

“我不是那个意思。我是说你买什么呢？野泽油菜①、喜多方拉面②之类的？”

“不是……呃，我想买牛肉，还有千本松牧场③的牛奶和奶酪……”

“所以说这些都是土特产啦。”

“好像是这样啊。”

---

① 野泽油菜：十字花科的两年生草本，在以长野县的野泽温泉为中心的信越地方栽培，常作腌渍用菜。

② 喜多方拉面：喜多方市位于日本福岛县会津地方北部，盛产拉面。

③ 千本松牧场：位于栃木县那须町。

久君笑了笑：

“我之前很不安，不知道这些该叫什么。原来都是土特产啊。”

“久君的家是在那须①吗？”

小时候我们家去过那个牧场，所以至今还记得。当时我们骑了马、摸了牧犬，还给猪喂了食。心灵手巧的爸爸娴熟地挤了牛奶，给我留下了深刻的印象。我和妈妈不管怎么温柔地跟奶牛搭话，它都不让我们挤奶。此外，即便我和妈妈在车上呼呼大睡，爸爸都能保持清醒一直认真地驾驶轿车。我几次醒来后，看到爸爸结实的后背和紧握方向盘的双手后，就安下心来重返梦乡。

久君说道：

“嗯，我老爸去世之前在那须盐原②买了一幢小别墅，现在只有母亲一个人住在那里。”

“久君的爸爸是什么时候去世的？”

---

① 那须：位于栃木县北端。由那须山延伸至八沟山地。从事林业、木材制造业和乳畜业。

② 那须盐原市：栃木县东北部的一个城市，设立于 2005 年 1 月 1 日，由黑矶市、那须郡西那须野町、同郡盐原町新设合并成立。那须盐原西面有著名的那须温泉，日本皇室在此建有避暑休闲的御用宅邸。

“三年前。我的父母最后还是没有离婚，可以算是白头到老了吧。我觉得最后他们的关系变得比较融洽了。”

“你妈妈一个人在别墅里生活，不会感到寂寞吗?”

“我觉得不会。她每天都在做木雕。因为要在附近的画廊里出售，所以越来越努力。她的作品卖得很好，我和她比还差得很远。”

“你们家可真是个大受欢迎的艺术世家啊。”

“不，我觉得自己没有母亲那样的热情。她可以晚上不睡觉一直进行木雕创作。在狭小的家里，堆满了她的木雕人偶，让人都有点密集恐惧了。”

“哦，我想到了!”

突然脑海里闪现了一个好主意，我说：

“如果价格不贵的话，我希望买一个木雕人偶。”

久君摆出一副惊诧的表情回答道：

“那个可以，因为也有其他人想要，所以我决定免费送给别人就好了……你真的只要那个木雕人偶就行了吗?”

“还没有看到，我也不清楚。是怎么样的人偶呢?”

“看过后如果你想要，我就送给你……呃……怎么形容才合适呢，总之你不会对它感到不快。”

久君说道。

“如果你妈妈同意，我们一起去怎么样？”

“真的？”

“自己亲眼看过之后再挑选比较合适。如果觉得不喜欢或者不需要，给我示意一下，我们若无其事地原路返回就是了。”

“不过……那些都是正式作品，不会轻易送给我吧？”

“如果你知道我家里到底有多少木雕，你就不会这么说了。如果不让那些木雕减少一些，它们似乎就会被母亲压碎。对于母亲而言，即便是很重要的作品，她也会觉得无能为力。在这一点上她是个非常痛快的人。”

“久君真是为我想了很多很多啊……可是，我觉得我不会被允许在外留宿的，所以你还是拍了照片，用电子邮箱发给我好了。”

我失望地说后，久君回复道：

“我们可以当天回来。只看看这次个人展的照片就可以了。”

“如果是当天回来，那应该可以。”

“开车过去，一会儿就到了。”

久君说道。

“如果你妈妈说不可以，你想找人说服她，那就跟我说，我去试着拜托她。”

“好的!”

我欢喜无比。久君并没想要束缚住我的手脚，而是让我自己选择自己喜欢的东西。

水蒸气从吧台中升腾出来，店员小心翼翼地用过滤网过滤着冲咖啡的水。就在那个方向，沁人心脾的五光十色的街区路灯映射在橱窗上。两个人慢慢地越走越近，关系越来越亲密。

本来以为妈妈不会同意，所以很早就试着跟她说了。

“如果当天肯定能回来，那就可以。”

妈妈说道。

她如此爽快地答应了，我不禁目瞪口呆。

“要在我们家门前出发，最后还要回到我们家门前哦。就这么约好了。另外，一定要给我带千本松牧场的牛奶和奶酪哟。”

妈妈说道。

“真的可以吗?”

“你呀，即便说不能去也肯定会去的吧，而且还会撒谎。另外，我假装没看见也挺麻烦的。我想如果你爸爸在家的话，估计不会同意你去。所以，可不要太晚回来哦……你肯定很期待这次旅行吧。不知道为什么，我的内心悲喜交加啊。”

妈妈微微地笑了笑。

为了让对方放弃而大谈一番道理，这一点妈妈并不擅长。她习惯性地不去思考重要的事，不过，如果做不到，她就会深深地自责。即便我想着人啊有太多的无可奈何，但当我看到这些的时候，还是感到些许的悲伤。

“不过呢。”

我说。

“男女朋友间因为借钱而杀人，或者因为被甩而成为跟踪狂，或者把女孩子强拉进车绑架之类的恶人，最近社会上有很多，可我还是这样跟你聊恋爱的事，你不介意吗?”

“不介意。有一件事你一定要记住了。”

妈妈突然变身成我喜欢的那类果断的妈妈。

“你是个普通人，一个生活在普通世界里的普通人。这一点你一定要记牢了。”

“真是这样吗?”

我说。妈妈深深地点点头，然后说：

“人可以接受死亡和朋友间的摩擦，却无法接受杀人和战争。至少有很多人是这么想的。人们不会一直这么想吗？当然了，我们大家就像看放进小箱子里的东西一般，当看到其他箱子的时候，就会产生不同的想法吧。不过，既然我们就在这里，虽然有时会怀疑自己的箱子，但我们只能将里面存在的东西作为最好的馈赠生活下去。”

“妈妈说的，我都理解。不过，没想到妈妈能这么流畅顺利、滔滔不绝地讲出来。”

我钦佩地说道。

“可能是因为我上班的时候，总是被写有这些东西的书籍包围着吧。”

妈妈笑了笑。

“不过，假如久君是个坏人，他拐走了我并把我杀死，你会怎么办?”

我说后，妈妈即刻回答道：

“那我就干掉他！”

我咯咯大笑，觉得她与刚才的表现真是大相径庭，刚才明明还很冷静地说着话呢。

“我一直观察着久君，如果看不破他，可就是妈妈我的责任了。不过，如果你真的出了什么事，我就是追到天涯海角也要把他杀掉。就是丢掉自己的性命，我也会这么做。只有做父母的才会有这样的决心吧。”

妈妈爽快地说道。

因为她爽快地说了这些，所以我又安下心来，就和那次个人展上的感觉完全相同：根据自己的判断，自信地去做就好，不管遭受怎样的失败，不管怎么惊愕不已，即便想要放弃也决不放弃，最后的最后只存在一种认可自我生命的力量。

那一天清晨，久君开着车来接我。

虽然妈妈的脸上没有一丝笑容，但是她让我们带了饭团作午饭。

很意外，久君毫无困意，试着问他累不累，他回复道：

“我每天都会在早上准时起床。”

这我真是不知道。之后，他继续说：

“如果不按照规律生活，我就会处于很危险的境地。”

他这样说，愈发让我感觉事实就是这样的。

我的内心和身体里还没有贮存太多东西，所以我必须在父母的经济支持下，在父母的生活节奏中生活，虽然有些不自由，但是最终只要不天天面面相对就好。不过，随着年龄的增长，必定会发觉自己所承受的这份沉重，就像发现自己的爸爸思考着艰深的东西时让人感到奇怪一样，就像拿掉妈妈的那些涉及灵魂的书籍时她就会无所依托一样。

车开上高速路后，不一会儿，周围瞬间增添了许多绿色，少量的树叶里还残留着红色。

“午饭我们就在中途的服务区吃吧。”

“吃妈妈准备的饭团可以吗？”

“太乐意了。”

久君说道。我安下心来，说：

“另外，我昨晚去了百货超市，买了许多糕点。”

“这是为我母亲准备的?”

“嗯，有一部分是，另一部分我们在车上吃。”

“你不用这么费心。”

“你肯定会有些拘束，不过请不用客气，尽情地吃就好。”

“非常感谢……”

“我不出油费和高速路通行费，所以就买些吃的东西。”

“你能想得这么周到，真让人意外。”

“嗯，我的父亲是个商人，受他的影响，我思考事情比较现实。”

我笑了笑。

“因为是靠出售价格不高的古董维持生计，所以不能不精打细算、苦心经营。”

“原来是这样啊……”

久君说道。久君非常擅长驾驶，他的驾驶给人带来的微弱的移动感很有他的风格。他的驾驶风格与我爸爸那种遒劲粗鲁的驾驶风格迥然不同。在车道发生变化时，久君不会像爸爸一样打开车窗伸出一只胳膊。

“钱的事，年龄越大，其中包含的那种抽象的部分就会不断增多，这太让人烦恼了。”

“是吗？”

我说。

比起谈论的内容，一边欣赏着车窗外的风景，一边聊着不妨碍驾驶的深层次话题的氛围更加重要。天空中虽然飘浮着一些阴云，但放眼望去依然一片湛蓝。对面的山峦呈现出枯黄色。由近及远，三角形的山峦绵延不绝。

“我现在还没有工作挣钱，所以对你说的还不了解。”

“和我一样，你已经步入一个不能再说不了解的阶段了。”

久君说道。

“昨天，我读了一本在妈妈的书店里出售的书籍。是约翰·列侬[①]的书。整本书充溢着对金钱的苦恼。”

我说。

---

① 约翰·列侬：1940 年 10 月 9 日出生于英国利物浦，英国摇滚乐队“披头士”成员，摇滚音乐家、诗人、社会活动家。

“我知道，是片冈义男[①]翻译的一本很有名的书。你妈妈的书店里肯定一直有售。”

久君说。

“这本书我也读过。如果自己认为自己是一个招人厌恶的人，做着令人讨厌的工作，那么许许多多的要素会综合作用，结果出人意料的是，工作变成了一份好工作，并且由于过分受欢迎也产生了很多痛苦。这就是我从书中感受到的。”

“嗯，我也是这么觉得。和洋子女士[②]在一起后，约翰恢复到了正常的精神状态中。我觉得是生长的环境使他情绪爆发，如果没有这些问题，他也只是个普普通通的人吧。而且，一直和同一群人在一起，一直面对同一张脸，还因为大量的钱财纠葛在一起，肯定很痛苦吧。久君在个人展上跟许多人打招呼，向买作品的人致谢，并且看到自己的作品被送到不知道是不是合适的地方，内心肯定也很纠结吧。这一点我从那本书中也有相同的感受。”

---

① 片冈义男（1939 年 3 月 20 日— ），日本小说家、散文家、摄影家、翻译家、评论家。

② 即小野洋子，日裔美籍音乐家、先锋艺术家，约翰·列侬的第二任妻子。

“我和披头士可完全不是一个层次。”

久君笑了笑。汽车行驶的道路宛如布满落叶的河道一般。各式各样的汽车川流不息，或追赶超越，或擦肩而过。

“约翰被杀时戴的那副破碎的眼镜还在唱片封套上使用过。看到这些，有的人会说‘这太残忍了’，但是洋子女士却写下‘我看到了非同一般的东西’。明明看到的是血迹或脑部碎片，她为什么要那样说呢？我根本搞不明白。人啊，无论创造出多么伟大的东西，终究只是水做的骨肉，只是黏黏糊糊的东西罢了，这也是无可奈何的事。总觉得某种凝滞的东西与其有关……排出污水，或死，或生……我觉得这是再真实不过的事了。明明大家可以牢牢地捕获身边的人，可是一旦换成名人，就往往忘记去捕获了。我就是为了不这样捕获久君而一直努力着呦。”

我说道。

“没关系，从很多意义上来看，根本就不是一个层次。”

久君又笑了笑。

“但是，你不知道吗？那个时候，如果你把现在的作品风格推向极致，或许你也会成为世界闻名的艺术家。如果这样，你可能也会像约翰一样踏入险境。那么，我作为你交往长久的女朋友，也会发生令人憎恶、贪得无厌的变化吧。”

我一本正经地说。我觉得如果久君能够集中精力苦思冥想自己的作品风格，那不是不可能。当这一切实现的时候，无论我身处何方，我都希望自己能够心生喜悦。与之相反，如果最终久君毫无成就，作品也毫无建树，即便我变得特别讨厌他，也希望自己不要污浊此时的这份心绪。

“从诸多意义上而言，我并没有经历过那样的浮浮沉沉。我的作品也很平淡，终究是无法和摇滚明星的华丽作品相比较。”

久君说道。

“不过，约翰也真是厉害，在非常艰难的时候，还创作了许多歌曲，可惜英年早逝啊。”

“或许正是他处于非常艰难的时期，神才赐予他一位直到他去世都相伴左右的般配的优秀的女人吧。虽然他经历了非常艰难的时刻，但至少神赐予了他名气和收入。也正是托这些的福，之后他虽然也有困难的时候，但不都自由地度过了一切吗？这或许就是上苍的恩赐吧。”

我说。

“啊，如果所有的事都和你想的一样，那就太好了。”

久君认真地说道。

在服务区的长凳附近，有许多人像烟囱一样吸着烟，所以我们在稍远的位置打开车窗吃饭团。空气甘美，寒风如刺刀般凛冽。饭团明明还是原来的味道，但是在外面吃却觉得特别美味、特别爽口。感觉就像加入了维也纳炸牛排和奶酪，并与其他菜肴一起食用一样。久君非常幸福地吃了很多。

看到久君的方形小指甲上粘上了一些紫菜，我的内心忽然一颤。

在风的吹拂下，我说：

“空气清新，空气是有味道的，是甜美的味道。”

“因为你根本不用驾驶，所以才能这样说。”

久君一边这么说着，一边像兔子一样动动鼻子，随后露出一副极其和悦的表情。

他的表情就像猫咪嗅到了美食一般。确实，比起最初，他能看到更多令人困窘的地方，而我在这个瞬间，也与他一起蓦地感受到某种东西。寒风从高处吹来，我感觉其中承载着某种东西……是自由降临了。

这种感觉就如同最初喜欢上他一般。

吃饱饭团后，我们拿起杯装咖啡喝。

咖啡的味道很淡，淡到接近白开水，但是我依然觉得非常幸福。清冷的空气，远方被红色、黄色和其他绚丽的色彩覆盖的群山，湛蓝的天空，以及我手中如同小鸟般温煦的纸杯，都让我备感幸福。咖啡的颜色泛着光泽摇曳着，纸杯的表面粗粗涩涩……就像小时候玩泥巴一样，所有感觉都变得敏锐起来。

“平时很多东西都让我感到难受和阴郁……”

久君突然说道。

“现在，我的内心所感受到的，大概就是所谓的幸福感吧。”

他稍稍皱了皱眉头这样说道。

我也是！我真的也有这种感觉——虽然想这么脱口而出，但还是没能说出口。即便事实就是这样，但还是无法说出口，只能饮下清淡的咖啡。

啊，从苍穹向下俯视，只能看到幸福而渺小的人们轻轻地靠近，两人的年龄差、之前做过的事以及点缀日常生活的癖性之类的都看不到吧。这种感觉，忽然在我的心中升腾而出。我闭上双眼，感觉睫毛处有些异样，我看到了微微的闪烁。

从那须盐原的观光主干道稍稍往里走一些，就是久君妈妈的家。要是再往前走一些，就能看到周围有公共温泉和杀生石[①]。

突然间，我怀念起和家人来这里看到的景色。不禁回想到，我们清早从家出发，傍晚就回去，来这里只是为了泡温泉。这里的温泉非常烫，因为没有其他客人，我就哇啦哇啦地说话，搂抱比现在年轻的裸着身子的妈妈。泡完温泉后，我们待在河边，看到头发湿漉漉的、比起现在头发要浓密的爸爸穿过走廊往这边走来。

啊，时间匆匆流逝啊。全然没有发生变化的同一个地方，当时间流逝之后再次来访，才能强烈地感受到时间的匆匆。

---

① 杀生石：栃木县那须山麓的石头。因其周围喷出火山有毒气体而使接近的生物死亡，故而得名。

我想，孩子还小的时候，夫妇可以以此作为一个好的借口，关系亲密地外出吧。现如今，说实话，我已经不再想像那时一样，三个人如同“川”字般躺在一起，但是觉得如果可以那样，那么可以立马回到孩子的立场。

真是让人怀念啊，明明才十四岁就开始怀念，也太令人伤感了。

摆脱轻度的交通堵塞后，我们到达了那座房子，它有着被郁郁葱葱的绿色覆盖的漂亮庭院。久君非常擅长停车，很快就将车子停到了房子前。

我们刚把行李取下车，这时，久君的妈妈走了出来。

哇，真是个怪人……这就是我对她的第一印象。

虽然精神有些恍恍惚惚，但是眼睛却炯炯发光。脸，怎么说呢，有点像安・刘易斯①。

而且，和那个穗积小姐也有些像。

此时，我的内心不禁隐隐作痛。就在这一点上，我似乎永远也

---

① 安・刘易斯（1956年6月5日— ），日本七八十年代红极一时的美女歌手，外形汇集了亚裔和欧美的魅力，甜美大气。

没有取得胜利的希望。

久君妈妈的衣服上使用了许多非常美丽又特殊的粉色布料。她整个人宛如突然绽放的牡丹花一般。

“哇，这可真是个年轻又可爱的女朋友啊！”

久君的妈妈笑了笑。

这是一种可以看到牙齿的爽朗笑容。虽然她的头发凌乱，却依旧迷人。

“初次见面，请多多关照。”

我说，然后走进屋子。

屋里应该从哪里看起，我也不清楚。只是发现这里堆积了大量的木雕精灵，感觉都快把整个屋子挤满了。

对了，久君的妈妈用木头雕刻的生物分散在家中各处，感觉就像神经错乱般被四处放置着。它们生机勃勃地活着。至少我是这么认为的。

这些生物恰好就和那一天我跟久君同时看到的突然跑出来的生物相似，就和那个小人相似。

“久君的妈妈肯定可以看到这些小精灵吧！”

我说。

“是啊。这些小精灵跑得很快，要将他们画下来然后雕刻成木雕是非常麻烦的，而且只能偶尔看到他们，所以要反复回味看到他们时的情景，并加以组合，还要放飞想像，这一切都不能中断。这项工作真不是一下子就能完成的。不过我觉得，对于画家而言，是一件非常愉快的事。”

久君的妈妈一边泡着茶，一边直爽又若无其事地回复道。

大的、小的，或是有各种形状的眼睛，或是像河童[①]一般，或是小人，或是像树木精灵一般，或是像花朵一般，或是长着翅膀……这些各式各样的生物的雕像，都很稀奇，平常明明生龙活虎，今天却特意保持安静。在桌子上，在桌脚边，在堆积着的书籍旁……这些小精灵的数量太多，以至于没有了可以摆放的地方。一到深夜，他们都开始活动，做自己喜欢的事，可是一到清晨，他们立即停止活动，并保持静止。像这样，它们生机勃勃地被摆放在适当的位置上。这个家似乎就是一个美术馆，或者说正处于森林

① 河童：日本民间想像中的动物，外形为全身呈蓝色的童身，童花发型的头顶上有一个盛水的碟子，水若流失便失去神通。

之中。

被他们包围的我，突然回想起之前所度过的那些孤独的夜晚。

我由于无法忍受自我而不断哭泣的每个夜晚……由于和同龄的孩子无法互相理解而备感痛苦的时候，认为和谁都无法心灵相通的年幼的时候，我就不由得想道："应该不是这样的，放在起居室里的那株娇小的大丁草[①]，它的美丽不正是给我带来了慰藉吗？"——忽然，我想起了这些事。

我非常认真地想到，或许那个时候，借助花朵的倩姿，这些精灵用他们的气息温暖着我吧。

另外，这些小生灵肯定是为了我和久君能够相遇，才在那个时刻现身吧……为了现实中陷入僵局的我和久君；为了让我们明白我们俩拥有可以相互沟通的语言。

这样想着，不知为何，我不禁流出眼泪。

在地球上生活着的，肯定不仅仅只有我们！肯定还有许多肉

---

① 大丁草：菊科多年生草本，原产南非。有单瓣和重瓣之分，花色有红、黄、白、粉红等。

眼看不到的生物存在吧……我不禁如此感慨。即便这都是幻影，但至少如同看到久君妈妈家存在着的这些精灵们一样，我和久君也处于同样的精神状态中。虽然之前也见过对方，可是直到那个时刻我们才真正相遇，我近似于初恋的情愫也正是从那时才萌发的。

我感觉这所有的精心安排，就像是来自过去的礼物一般。

“开车有些累，我稍微躺一会儿。”说完，久君躺在了沙发上，刚闭上双眼，他就睡着了。他蜷曲着后背，毛毯紧紧地拉到脖子处，感觉就像个小孩子似的。在看久君个人展的照片时，久君的妈妈极其真诚地表扬了他，所以久君安下心来，精神也似乎松懈下来。就这一点，他还是像小男孩一样，不如作为事业上的前辈的妈妈。

因为之前我还没有见过如此放松下来的久君，所以第一次切实地体会到：啊啊，这里不愧是他妈妈的家啊。

但现实似乎又并非如此，特别是当我被那些木雕吸引了注意力时，我并没有感觉到这里是普通人的家宅。至今我所看到的与这里最像的地方，就是冈本太郎先生[①]纪念馆里的庭院了。在树荫里，在铺路石的旁边，在电灯里，精灵一般的东西被放置其中。不过，他们并不仅仅是被放置其中，而是被植物缠绕着完全融合在其中。让人觉得，他们高兴的时候就会四处张望，徘徊走动似的。可以说，这整个空间就是其本人，就是其本人的作品，根本就不是幻影。

久君的妈妈笑着说：

“这个孩子总是在这里睡觉。回来过夜也是睡在这里。他并没有在这里长大，这里一直都是我自己的房子，所以只有这个地方是整个家里唯一属于他的。”

我非常能理解这种感觉。

“那么让我稍稍参观一下那些雕像可以吗？参观的过程中，可能会不知不觉地闯入许多地方，请见谅。”

我说。

---

① 冈本太郎（1911—1996），日本极负盛名的艺术家。他的作品中包含了丰富的日本民族特色，被称为日本的“毕加索”。为了纪念他在艺术上所作出的贡献，1998年，在其家乡神奈川县川崎市，建造了一座冈本太郎美术馆。

“请随便参观，家里的任何地方都可以看。不过就是有点乱。”

久君的妈妈说。

“偶尔办展览会的时候，会一下子把所有的雕像都拿出去，那个时候正好打扫一下房间，可是等雕像拿回来后，又随意一放。早晚哪一天要把我给埋了。”

虽然是用木头雕成的，但是这些雕像却没有丝毫的粗糙感，反而很多显得光滑润泽。不管是哪尊雕像，眼睛里都神奇而真实地蕴藏着灵魂。我觉得如果我是一个无形的精灵，无意中游走进这个房子里，看到那样的雕像，肯定会想“就寄住在这里吧”。如果想来，雕像们不都一直活着吗？这样思索着，突然感觉到雕像中存在类似性格的东西。

我仔细地观察着每一尊雕像。柱子的背后，桌子脚下，窗帘的旁边……甚至洗手间架子上也有，我也会仰头观赏。

“这个孩子可不能拿走哦，因为他是洗手间的保护神。”

久君的妈妈偶尔会瞧瞧我的情况，她做了这样的解说后笑了笑。

“这个家，是过去的农舍直接移建过来的，只有天花板是拆了重建的。所以建筑本身是非常陈旧的。对了对了，浴室里引了温泉，等一会儿你泡泡澡吧。那是硫磺泉①，能使你的皮肤滑溜溜的。哦，对了，浴室里的守护神也不可以拿走哦。因为有硫磺，所以变成了黄色，而且一半已经腐蚀溶解掉，样子有点可怕。不过，到处都放有雕像，如果只在浴室里不放也说不过去。”

“雕刻这尊雕像，花了多长时间呢?”

“每天都熬夜的话，一周就可以完成了。我从二十多岁就开始做雕塑了，身边存了些老古董。”

久君的妈妈笑了笑。

“什么时候被这些雕像埋葬而死，就是我的梦想哦!”

“是吗?”

我笑了笑，不过我想她是认真的。那样随口地回复让我觉得有些羞愧，于是我改口说：“在埋葬之前，您肯定要好好活着，那绝对还要五十年了!”

---

① 硫磺泉：含硫磺的矿泉或温泉，硫磺多以硫化氢的形式存在，有异臭，对皮肤病有效果。

在不太熟悉的人家的浴室泡澡，有一种别样的感觉。可是，向正在做咖喱的久君的妈妈问“需要帮什么忙吗”时，她爽快地回答：“如果有人走进我的厨房，我就会紧张。我已经习惯了一个人做饭，不要紧的。你之后帮忙洗洗碗筷就可以了。”情况应该真的就是这样的吧，我这样想着，于是按照她的建议，走进浴室泡澡。

久君还是在呼呼酣睡着。

似乎在妈妈的身边，就可以舒缓一直以来的疲乏。睡眠似乎吸走了他的疲倦，不知不觉让他得到了释放。

于是，我暂且走进浴室泡澡。浴室里的瓷砖有些发黑，在窗户边确实放置着一尊浴室的保护神，由于有些腐蚀溶解，样子有点可怕。但是，它的眼睛圆溜溜的很可爱，与外面高大的银杏树很相称。对了，庭院里的树木已经浸染上黄色和红色，似乎可以闻到远山处飘来的馥郁。升腾起的水蒸气不断溶入到清新的空气中。略微发黄的温泉水似乎沁润进肌肤里一般。头发上也沾染了硫磺的味道，似乎反射着鲜亮的光泽。

当我的身体变得热乎乎的时候，久君也已经完全睡醒了。

“家里引了温泉水不错吧。”

久君在小菜板前顺溜地削着苹果，这样说道。

对面是久君妈妈的背影，可以闻到香辛料的芬芳。窗外眨眼之间变得微暗，树木的枝叶在窗户上呈现出一段段剪影。

没有播放音乐，也没有电视节目，只有微弱的声音在高悬的天花板上悦耳地回荡着：菜刀的声响、削苹果皮的声音、微微活动的声音……这样惬意的傍晚，真是久违了。

久君迅速进入浴室泡澡，就在这期间，咖喱饭做好了，白菜和苹果沙拉也做好了。

恭谨而静谧地围坐在木制桌子旁，我们一边聊天一边吃晚饭。碟子的声音、叉子的声音、色拉盘碰触到桌子的声音、我们说话的声音和咀嚼的声音，宛如音乐一般在这里交汇。

头发湿漉漉的久君，就像一只小狗仔一般。实在是想紧紧地抱着他，用毛巾擦拭他，亲吻他，想要将脸埋进他的胸膛。不过，这就是肉欲吗？对此我也真是不了解。我所了解的是，发展下去确实存在这种可能，但是对于久君而言，情况却完全不同。仅此而已。

过去我曾和自己短暂交往的男友亲吻过。他是我去爸爸的驻地玩耍时认识的一个美国男孩。爸爸察觉了这件事后，每天都紧跟在我的身边。一旦我接了吻，他的心情就会变得很糟，于是我就回国了，但也恰好因祸得福吧。

不管怎么样，我想现在也不是再去追究过往的时候了。

“夕子酱有兄弟姐妹吗？”

“家里只有我一个孩子。因为爸爸常年在美国，所以家里只有妈妈和我两个人。”

“你爸爸是因为工作待在美国？”

“我爸爸经营着一家介于古董店和杂货店之间的店铺，因为要采购货物，所以经常出差，不怎么回来。”

“这样啊。这件衣服是美国的二手服装吗？”

久君的妈妈用手指指着我的花纹裙子询问。

“是的。去年爸爸将它作为生日礼物送给了我。”

“真是太漂亮了，等一会让我拍张照。”

久君的妈妈说。

“我家附近也有相同的树，但是窗外会形成一片阴影。为什么这里却能看得清清楚楚呢？”

我问。

久君的妈妈微微笑了笑。

“因为这里的空气清新明澈，所以不管什么都能看得很清楚。”

久君亲切地说道。我感觉这两个人都很喜欢我……我的心不禁扑通扑通直跳。那个时候，不知道为什么，我觉得这两个人会认为，我肯定是能说出相同的话的人。

“说起来，有一件事俺可一直很介意。”

在牧场的商店还没有关门之前必须赶去购物，而且在购买牛奶和奶酪的时候，顺便在冷藏柜的前面发现了生火腿——就在这样的时刻，他回忆起自己的童年时光，并能够直率地袒露自己的心里话了吧。

不管怎么说，这里是他妈妈的地盘，对于久君而言，这里是充满无限回忆的世界。

久君一边装作若无其事的样子，一边开始用较为轻柔的语调询问。我觉得早在此次来访之初，久君就想问的吧。当他称自己是“俺”的时候，已经直白地表现了他的决心。

“那个……过去，你外出的时候，为什么要待那么长时间才回来呢?”

这样说完后，久君突然变得很紧张。这种紧张感也传递到我身上，我不由得缩回了伸向牛舌的手。

“咦？有这回事？”

久君的妈妈说。

久君继续说道：

“我那个时候年龄还太小，许多事情都没有告诉我，比如，你去了其他男人的住处，应该有这事吧？那个时候，妈妈明明听说我的眼睛已经看不到了，为什么不立马联系我呢？俺至今对这件事都还是耿耿于怀。上次和夕子酱聊天我才明白，我是对没有特意去质问感到介意。所以，就想利用这次机会问问你。不过之前我把这件事忘了。现在不知道为什么忽然想起来了，所以现在就问问你。”

久君微微露出一副受了伤的小孩子的表情，这样说道。

“你，难道不知道那件事吗？”

久君的妈妈惊诧地说。

这时，被荧光灯照亮的母子俩的可爱表情，我想我一生都不会忘记吧。背景是堆积如山的牛奶、黄油、面包、奶酪……销售员的叫卖声重叠混杂，在商店里回荡。我们就身处随处可见的观光区商店里。

“离开家后，我立即去了冲绳的奶奶家。之后一段时间，不知道什么原因，我的身上长了很多小疙瘩，而且还发了高烧。去医院做检查，结果是得了麻疹。没办法只能住院，期间不能外出，只能静静地待在医院里。当时的情况真是糟糕啊。事情发生后，我立马给你爸爸打电话说明了情况，他现在不在了，我也不想说他的坏话，不过我真的很担心你，想要快点回来，但是回不来啊，我多次拜托过他给你传话……看来，你爸爸比我想像中的更加怯懦，他肯定觉得我再也不会回来了，所以为了不空欢喜一场，就特意保持沉默了吧。”

久君妈妈做出的解释的最后一部分，几乎是用嘟嘟囔囔的语气说出来的。

之后发生了令人目瞪口呆的一幕。久君的妈妈紧紧地抱着久君。将购买的东西放在地上，紧紧地抱着他。

“对不起，我不知道你会那么痛苦。对于还是小孩子的你而言，那是多么漫长的等待啊。”

久君的妈妈哭起来。

久君的表情虽然依旧冷静，但是他越过妈妈肩膀的目光却变得十分柔和。

“你不知道，作为母亲是多么多么不想把孩子扔在一边独自离家而去啊。我现在都无法忘记那个时候，那种身体被撕碎的感觉。”

久君的妈妈这样说道。然后转向我说：

“因为很爱孩子，自己又是混血，所以表现会有些夸张。不过我并不是奇怪的母亲，也不是令人讨厌的婆婆。”

“嗯，我非常能理解它们的不同。现在只听听你的话，我的眼泪就流出来了。”

我说。我可以看到许多光线中沁透出黄色。那个让幼年的久君一直深陷在耿耿于怀之中的空间，现在已经轻松消失了。他的内心应该没有什么芥蒂了。目睹这个瞬间，我不禁潸然泪下。之后，我想：“果然是混血啊……让人回想起安·刘易斯。”在心灵的角落里，不会再哭泣，只会冷静相对。我见证了这一对被火腿和牛奶包围的母子的幸福。因为这是一幕没有看到就会让人感到遗憾的场景，所以自己的心情之后再整理，暂且先沉浸在包裹着母子俩的柔和流光中。

无论是谁都希望能体会这样的经历吧，但是其过程是非常艰辛的。不过，正因为它艰辛，所以才值得憧憬吧。

我真的觉得把久君扔在一边，自己一个人回家就好了。

这对母子已经从那一直郁结的微小隔膜中完全解放出来，终于能够坦诚地度过平凡的每一天了。我真的很不希望打扰这个久违的值得纪念的瞬间。

不过，这正是十四岁的我令人扫兴的地方。即便我说我想自己一个人乘电车回家，久君也不会同意的。如果他同意，之后我妈妈肯定会对他发脾气的。

没办法，这就是十四岁的无奈。

我觉得很抱歉，每次都要将这样的事实反复咀嚼。

我因为年龄所限，还有诸多不自由。与他妈妈相似，但是与他最喜欢的穗积小姐不同。

这样想来，不禁有一丝苦涩的嫉妒味道，不过这样也好。不管是什么都很好，既然那么喜欢的话。一个人对许许多多的事都很满意，真的没关系吗？如果没有了退路，我该怎么办才好呢？真是让人担忧。不过，既然好不容易发现了自己讨厌的地方，那么就认真地寻找原因，将它清理干净，又会变得让人喜欢了。

我们再一次回到久君妈妈的家中，喝杯浓咖啡后，就准备启程回家了。

久君的妈妈用心地煮了咖啡豆，并小心翼翼、毫不做作地给我们倒了可口的咖啡。

我们不由得保持缄默，静静地喝咖啡。离别之际的时间总是显得那样恬静凝重。但是，它并不悲伤，像饱含着水分的纱布一般，只是变得分外滞重。映入我眼帘的，只是那一对目不斜视的母子。

我爸爸去美国的前一天晚上，情形与这有些相似。我们特意装出一副很高兴的样子。但是，当房门打开，望着爸爸背着行李的背影，我感觉这个家中不会再有令人高兴的东西了……当时的心情就是这样的。一个人如果不反复经历许多小离别，是不可能真正生活下去的。

之后，我告诉久君的妈妈希望带走哪一尊雕塑。

我想要的雕塑，是似乎被久君的妈妈精心呵护的、立在放满古旧书籍的书架中的那尊黄色小河童。

那尊雕塑似乎闹脾气似的抬头望着我。我的直觉告诉我，这尊雕塑是以小时候的久君为原型的。

因为它与想像中的年幼的久君非常相似。

我把它拿在手里给久君的妈妈看，她咯咯地笑了笑，指着久君说：

“在他小的时候，为了保护他，所以我许愿创作了这尊替身河童，你的眼光果然不错！”

“替身河童是什么东西？”

平常一直冷静讲话的久君，此时有些害羞，用生硬的语气问道。

“你小时候，如果在上学路上之类的地方遇到意外事故的时候，它就会裂开保护你。可不要笑呦，我是带着虔诚的祝福创作了这尊雕像。绝对是有神力的。”

久君的母亲一脸认真，然后温柔地抚摸着这尊河童。

“在雕刻它的同时，我向神明祈祷：希望神灵能够寄住其中，在我碰触不到的地方，当那个孩子遇到危险时，请一定要成为他的替身。”

我摇摇头说：

“这么重要的东西，我不能要。”

“没关系，这个孩子现在已经是大人了。而且，我觉得比起放在这里，放在夕子酱的家里，离我儿子更近。”

久君的妈妈微微一笑。

“现在啊，回忆起那时自己雕刻这尊河童时的虔诚心情，不由得想笑。我作为母亲在很多地方都很失职……比如沉浸在木雕中而忘记给孩子喂奶，有时候突然想起什么事不小心把孩子从台阶上摔下来。一边弄得他青一块紫一块的，一边还反省并向神明祈祷：希望他平安无事；不管怎么样都行，只要他认真地度过自己的人生就可以了，即便他的父母成了残次品。”

久君的妈妈说道。

“我妈妈也经常提到残次品，这个或许就是阿姨这一代的特征吧。”我这样想着说了出来。之后久君的妈妈继续说：

“我是残次品，所以遇到意外事故也是没办法的事，但是如果自己成了母亲，而自己的孩子却因为遭受天谴去世了，那这就是最让人感到恐惧的事了。因为感到恐惧，所以才会不停地虔诚祈祷、雕刻木雕。当时只能这么做，现在想起来真让人难为情。不过，那时抱着这个小东西，觉得拼了命也值得。所以夕子酱如果能够帮我好好呵护这个小东西，那就太好了。对了对了，万一他对你三心二意，你就直接摔了这个河童。”

“可是……”

久君的妈妈也不免为自己的话咯咯笑起来。不过，我还思索着许许多多的事，正处于困惑中。这时，久君说：

“我也想经常看到它，你就拿着吧。如果把它留在这个家里，这个可爱的、以我为原型的木雕，就会被其他奇怪的家伙埋葬了。”

“看来你也承认这个小东西里饱含着不同寻常的情谊和工艺。”

久君的妈妈又笑了笑。

如果我和久君分手了，那么不用说，这尊河童将永远成为我手边一段令人厌恶的回忆，而且我为了不回想起那段伤心的记忆，或许会把它扔掉，这种可能性他们全然没有思考过吗？我不禁深切地感受到：他们真是心地善良的人。此时，在这个空间中，年龄最小的我被他们疼爱着，真开心啊。

“那么，果然还是选它了。我一定会好好照顾它的。”

我说。

“你能选它我真高兴。我给你包起来。”

“不包也可以，我会紧紧地抱着它的。”

“必须要包起来呀，因为这可是我送给你的礼物。之后你自己打开也行，不过我要包起来。我去拿点丝带和包布来，家里有很多很多。”

久君的妈妈这样说完，起身离座。

我和久君坐在温暖的地板上，这个时候，我们俩感到身心非常舒适，我们的手中还端着加了牛奶的可口咖啡。

久君的河童，在我的前面定定地盯着我。它的脸庞太可爱了，表情中充盈着久君的母亲祈祷噩运绝对不要降临在久君头上的祝福。我觉得这个河童一直活着，即便现在久君已经是成人，它依然坚守着自己的职责，而且给人一种拼命努力的感觉。

“这个木雕从自然富饶的这里拿到我家去，真不要紧吗？”

“如果你不好好照顾它，它可是要溜走的呦。”

久君笑着说。

“那样的话，岂不是成了空壳一具呢?”

“呃，我对它们存在的机理也不是很了解……”

“我们居然在严肃地讨论这样的话题，我们可真是……傻瓜啊。”

“那可是真的，那是幻影吗？当时，我们可是见到了同样的幻影呀。”

“嗯，我想不是幻影吧。”

我说。

“在这里一个人生活的母亲，肯定在什么时候见过那些精灵。即便没有亲眼见过，也一定像见过一般能感知到他们的存在。人们过去肯定能看到那些精灵。如果你去冲绳，你就会发现大家都在信仰一个东西。你知道是什么吗？就是那个红色的东西。”

“木妖吗?”

“是的是的。他们寄住在榕树里，榕树的枝叶就会不断生长，最后把整个门都覆盖了，你肯定不想把枝叶砍掉吧。”

“是啊，其实远离这些的所谓现代，也不过只是很短的一段时期罢了。总有一天人们又会去找寻这些东西的。”

“我想即便看不到他们，像久君妈妈那样的人肯定可以通过独特的感觉和遥远的记忆感知到他们的存在，并用艺术的手法表达出来。”

“嗯，我们或许一直这么无意识地做着。”

我们躺在地板上，这么闲聊着。

时间似乎回溯到小时候，慢慢地、慢慢地，两个人的年龄差在不断缩小。

河童的事决定后，我也突然有了睡意，在久君的妈妈认真包裹木雕的时候，我就在沙发上迷迷糊糊地睡着了。

人的气息，以及屋外庞大的夜幕的气息，让我心身静谧地坠入梦乡。

就在那短暂的时间里，我做了一个极其可怕的梦。

我骑自行车遭遇到交通事故，结果离世了。

我从上往下看到，就在十字路口边的护栏上，我的身体面部朝上地挂在那里，脸上没有一点伤痕，这一点过于奇幻，但是我已经脱离了我的肉体，能够看到自己死亡的地方。我的头发交织在一起，嘴巴大大地张着，给人一种恐怖的感觉，但是我还是在冷静地思考着。

之后，爸爸妈妈围在我的身边嚎啕大哭。他们的恸哭就像是已经世界末日一般的大骚乱。

爸爸匆匆从机场赶来，头发湿漉漉的，眼睛底下黑黑的一圈。妈妈发了疯似的紧紧抱着我。他们两个人的样子就像失去了世界上最珍贵的东西一般。

爸爸！——当我这样想时，睁开了双眼。

发现自己还是处于夜晚静谧的森林中的房子里。他们两个人的步调没有发生什么变化，久君在阅读杂志，久君的妈妈在打扫。此时，眼泪不禁顺着我的两颊流下来。

我一边擦拭泪水，一边决定今晚一定要给爸爸打个电话。

“你要多加保重。今天一定要好好活着。如果我想见你，你一定要回来让我看看你，我还是个孩子呢。”

我想这样说，可是认真想来，我还从来没有这么直白地说过。

我领悟到这正是我应该做的。想要见到爸爸，就不能畏缩，必须要依靠自己的力量。

“你突然坐起身，我想应该是发生什么事了吧。”

久君从杂志上抬起头，用沉着的声音平静地说道。

“我刚才做了梦，吓了一跳。”

我呵呵地笑了笑说，但是并没有说梦中的内容。包括这件事在内，这些瞬间都说明我已经渐渐是大人了。

一直以来我很讨厌暴露出孩子气，某种意义上说，这也是在跟抛弃我的爸爸赌气。不过，不同的是，我们不断地打电话，虽然爸爸的后背对着我，但能够经常看到我最喜欢的爸爸，而且从今以后能够重新建立亲密的关系，真是太幸福了。

作为家里唯一的孩子，如果父母看不到我，肯定会很生气吧。我就是这么孩子气，永远只盯着自己，总想让自己成为最好的。

但是，在做那场梦的时候……当然我明白这个梦与事实并不吻合，久违地坐男人驾驶的汽车，以及刚才那些关于河童的传言，交织在一起出现在我的梦境里。但是，我和爸爸的关系……比起这个，我体悟到自己身体里存在某种矛盾。

他们一直觉得我只要活着，其他的都不重要。我的家人或许觉得，我和想像的一样娇惯可爱，难以让人放心，但是我们的关系比想像的更加牢固。现在，我还年幼，“只有我”处于他们的梦想和希望的中心，但是随着时间的推移，一切会变成什么样呢。每个人有每个人的人生……不过对于他们而言，在某个层面上，我永远是他们的梦想和希望。

我的不如意，以及我内心状态不佳的情绪，和爸爸不在家的事实重合在一起，表现出一种夸大的悲伤而已。如果改变视角，如果我能更像个大人的话，我们的家庭……就不会有任何问题。问题并不是因为爸爸太忙，而是因为我自己。

如果我能坦诚地接受至今的一切，万一他们离了婚，我也不会出现什么问题……不过，多半他们是不会离婚的。在我的心底，或许他们已经不再是年轻时那样执着、活泼的两个人了，不过，现在他们的状态也没有什么大的问题。不想放弃的仅仅是我而已，他们两个人的关系或许还是意外地好吧。此外，他们或许还盯着前方继续在一起的时光吧。

并不是爸爸的过错，而是我的过错。我不禁对此感到愕然，我所有的痛苦，都是因为我幼稚的心灵造成的。

当看到替身河童时，不知为何，我突然真正地明白，我的妈妈和爸爸无论在何处过着怎样的生活，都会给予我无限的爱。

我想，河童中所蕴含的父母的祝福，超越了时空传递到我的心中。

久君的妈妈用非常漂亮的金色礼纸和红色丝带把河童雕像包了起来。在我们走出门后，她站在玄关笑着对我们说："下次再来啊。"感觉她果然已经熟悉了当地气候，外面寒风凛冽，但是她只穿了一件羊毛开衫。对啊，她一直都生活在这里。

这里四季分明，与久君所处的世界迥然相异。

对了，无论是哪个家庭，家人们都会像这样慢慢步入不同的世界中，分别，改变形式。就如同我家现在恰好开始的情况一样。

坐进车后，我的内心一阵痛楚，我紧紧地抱着包裹，稍稍往前调了调了副驾驶位。之后，车发动了，我向久君的妈妈挥了挥手。我打开了窗户，把自己暴露在刺骨的寒风中，但是依然一直挥着手。

向这个交给我最宝贵的东西的人一直挥着手。

我的头脑很清醒，而且刚才睡了一会，没有丝毫困意。我感觉清新的空气涤荡了我的肺部。

“接下来，就向我们的世界进发啦！”

“久君，谢谢你，真是美妙的一天。”

“没必要说这些话。你能这么贴心地对待我的母亲，作为谢礼，我请你在车站附近吃法国料理。”

“你这手法也太大叔气了吧……”

我说后，久君哈哈大笑。

“有什么不好，我就想这么做。作品大卖，我现在可有钱了。”

“那里离我妈妈的书店太近了，她肯定会看到的。”

“看到了，那一起吃不就好了。”

久君的内心如此开朗，正是继承那个人的遗传吧。我越来越喜欢他了。这没有什么不好。

我讨厌久君那种随便请纠缠他的女人吃饭的习惯，这是我个人的小小坚守。

知道了来源，亡灵自会消失。

“法国料理虽然好吃，但是北出口的那家马来风的咖喱饭也很好吃。我特别喜欢吃那一家的咖喱饭。”

“那家也行。非常便宜，还送冻糕[1]。”

就这样，我们在车里聊着，明明没有发生过肉体关系，却亲昵地如胶似漆。

寒风吹过高空，浓郁的山色向眼前迫近。穿过重重山影，我们上了单调乏味的高速公路，我们向那灯火密集的地方奔去。

我把河童放在膝盖上，并紧紧地抱着它。此时，我的体内似乎流转着一股全新的清风。它是将我和世界联系在一起，并循环流转的清风……如果有东西堵塞了它，即便是恋爱的喜悦，我也会将其清理掉。

久君喜欢的音乐在车内缓缓地流淌。

在货车来来往往的嘈杂声中，久君突然说：

“我觉得能和夕子酱认识，真好。我体内的某种东西又回来了。它是某种丢失过的重要的东西。我已经完全进入了那种喜欢你的良好状态中。我现在离幸福很近，为了你我什么都可以做，我已经步入类似这样的状态。”

---

① 冻糕：往冰淇淋里添加鲜奶油、水果、巧克力等制成的冰点。

我惊诧万分，却依然保持沉默。

此时，两个人的心情，就和一个人的一样，完全一致。这个时候，我没有什么话能够说出口。

“什么？睡着了？好不容易才说了那些深情的话。”

既然久君这么说了，我也就趁势装作睡着的样子。

不要再反复玩味。珍惜这个瞬间。不会再有这样的机会，不要再逃避——即便自己闭上双眼，这种心情也不会消散……我紧紧地抱着膝盖上的生物（是的，我和久君都已经知道它是生物）。

只有膝盖上的河童，才明白我此时的真正心情。或许它知道，所以会哈哈大笑。或者我应该让它出来，让它坐在车里，面向崭新的生活而欢喜雀跃。小时候就和久君在一起，现在又来到久君的身边，肯定很高兴吧。

即便我睡着了，久君也不亲吻我，也不用炽热的目光凝视我。真的有这种人啊。我的内心默默念叨：更加重要的东西献给之后来到这里的人。献给爸爸，献给妈妈，献给同学，最后献给膝盖上的精灵。

据说，如果绝对不做不符合自然的事，就可以发现自然的所有机遇。久君已经健康地长大成人。久君的妈妈看到还是婴儿的久君的脸庞时，只是不断地祈祷就可以和他交流。这并不是什么超乎想像的事，这种事肯定是可以达成的。

这样交谈一番，或许是心理作用，我觉得膝盖上的包裹给我传来了一丝丝温暖，就如同抱着猫咪睡觉一样，根本就无法入眠。困顿和睡眠就像蜂蜜一般在我的眼里摇曳。

我觉得这样的睡眠是一生中最美好的睡眠吧。对于不知道什么时候久君会发生改变的担心，就在此时处于最高峰吧。那些话我已经听到。最令人高兴的瞬间，不就是初恋的时候发现对方比谁都喜欢自己吗？——我闭上双眼，聆听着风声和音乐混杂在一起的乐音，这样想着……时间请停止吧，不要再向前挪动一步！或许当我睁开双眼的时候，身体会感到疼痛，久君因为驾驶会感到疲倦而完全失去那份好心情，另外，还有倦怠的现实等待着我们……

嗯，时间果然是不会停滞的。

我清醒地领悟到这一点。

但是，我想我依旧会坚持寻觅那些小小的奇迹。因为这就是我的战斗，这就是我的人生啊。

微妙的时期

——文库版后记

邂逅山西源一先生的画作时，我的头脑中浮现出某种画面。感觉似乎可以用一句话总结："哪里都找寻不到的幸福。"

那正好与我十四岁时的心情最接近。

明明闪闪发光，却不知为什么又流露着苦涩。因为还是孩子，所以会得到父母的细心呵护，而且对于父母会年老离世的事从来不假思索，还会任意顶撞。明明有自己的时间和空间，却让别人供养。每天都怀着将要发生大事的心情，即便是鸡毛蒜皮的小事也会引起大震动，但是不知为何，每一天就是那么平淡无奇……当时就是这样。性欲以各种各样的形式出现，但并不以做爱为目标，只是把它当作一种给世界增添色彩的能量而已。

在故事中，直至结尾，男青年久君也没有理解那些复杂性。两个人虽然互相吸引着，但总有些地方让人感到自相矛盾，感到不协调，正因为如此，两个人才不断努力地互相喜欢对方。极其短暂的时刻，却能够长久存续。奇迹般的时间由此诞生。

我想将它稍稍浓缩一下，尝试写成童话的形式。

如果要说这本书里有值得称道的地方，我想应该都是山西源一先生所创造的精灵们的功劳。

我曾去成年之后一直和我关系比较亲密的梨花酱家玩耍。和我相比，她的年龄更大，而且在她那令人憧憬的、颇具成熟气息的书柜里，居然有这本可爱的书。我对她说：你之前如果告诉我你想要，我直接送给你就是了，根本不用买。梨花酱露出少女般的微笑说："你这话我太爱听了！"我给她签了名，同时感到些许的难为情。

那个时候，我们似乎回到了少女时期，马上就能看到河童似的。

于是我想："能够写出这本书真是太好了啊。"

在此，我要向为此书做过贡献的所有人，献上我无尽的谢意。

文艺春秋社的平尾桑、森桑、大久保桑和石井桑，谢谢你们。

也非常感谢山西桑。当时作为工作人员取材并为我提供帮助的春田桑、庆子桑，谢谢你们。以及现在的工作人员长井桑、前田桑、小口桑，谢谢你们。正是因为你们这群人像精灵一般帮助我，才会有这本幸福的文库本。

吉本芭娜娜

图书在版编目(CIP)数据

初恋/(日)吉本芭娜娜著;彭少君译.
—上海:上海译文出版社,2017.6
ISBN 978-7-5327-7466-1

Ⅰ.①初… Ⅱ.①吉… ②彭… Ⅲ.①中篇小说—
日本—现代 Ⅳ.①I313.45

中国版本图书馆CIP数据核字(2017)第069974号

图字:09-2015-340号

初恋
[日]吉本芭娜娜 / 著　彭少君 / 译
责任编辑 / 姚东敏　装帧设计 / 任凌云

上海世纪出版股份有限公司
译文出版社出版
网址:www.yiwen.com.cn
上海世纪出版股份有限公司发行中心发行
200001　上海福建中路193号　www.ewen.co
上海信老印刷厂印刷

开本890×1240　1/32　印张5.25　插页2　字数58,000
2017年6月第1版　2017年6月第1次印刷
印数:0,001—6,000册

ISBN 978-7-5327-7466-1/I·4555
定价:32.00元